Johannes Wilkes

Ein Terrorist im Gepäck

Der Autor

Johannes Wilkes, in Dortmund geboren, als der Pott noch rauchte, entwickelte erste Mordfantasien beim Sezieren einer formalingetränkten Leiche während seines Medizinstudiums in München. Er lebt heute in Erlangen, arbeitet als Jugendpsychiater, ist Autor zahlreicher unblutiger Bücher (u. a. Der kleine Kindertherapeut, Ich singe dir mit Herz und Mund, Der Aldi-Äquator) und leidenschaftlicher Strandgänger auf Spiekeroog. Dort spielt auch sein erster Kriminalroman, *Der Tod der Meerjungfrau*. Sein neuer Krimi, *Ein Terrorist im Gepäck,* startet an der Nordsee und spielt dann weitgehend in Erlangen.

Johannes Wilkes

Ein Terrorist im Gepäck

Erlangen Krimi

Prolibris Verlag

Originalausgabe Oktober 2013

Tel.: 0561/766 449 0, Fax: 0561/766 449 29

Korrektorat: Christiane Helms
Titelfoto: © by Mauro Bettarel
Druck: CPI - Clausen & Bosse, Leck
ISBN: 978-3-95475-074-0
www.prolibris-verlag.de

1

Es gibt Tage, an denen du keine Lust auf Seehunde hast. Genauso ein Tag war das damals, als alles anfing, im Mai 2011. Heidi aber hatte darauf bestanden. Angeblich hatte ich es ihr versprochen, kann sein, ich erinnere mich nicht mehr so deutlich. Heidi wollte unbedingt hinaus zu den Seehundbänken. Heidi liebt Seehunde. Sie liebt alles, was in dieses primitive Kindchenschema passt. Große Augen, Stupsnase, Schmollmund. Ich jedenfalls hatte keine Lust auf Seehunde. Und an diesem Tag erst recht nicht. Wir hatten es doch so gemütlich in unserer Strandburg. Warum sollte ich mich bei diesem herrlichen Wetter mit einer Horde von Robbenguckern auf ein Schiff begeben, um mir Viecher anzuschauen, die mich nicht interessierten? Aber Heidi sagte, wir würden ihr den ganzen Urlaub kaputtmachen, wenn wir nicht mitkämen. Also kamen wir mit. Rüdiger hatte auch keine besondere Lust auf die Tour, und Doris, seine Frau, wirkte ebenfalls nicht so, als ob ihre Seligkeit davon abhinge, zumal sie aufgrund ihrer diversen Gelenkoperationen nicht mehr so gut zu Fuß war. Aber keinem von uns war es gelungen, Heidi den Ausflug auszureden.

Das alte Dieselboot war schnell draußen bei der Sandbank, die man schon vom Strand aus mit bloßem Auge hatte sehen können. Der Ausstieg war etwas beschwerlich. Wir mussten eine hölzerne Planke entlangbalancieren, eine wacklige Angelegenheit, denn eine Sandbank hat ja keinen gemauerten Kai. Doris weigerte sich zunächst, wurde aber von Heidi und Rüdiger mit sanftem Zwang hinübergeführt.

So eine Sandbank ist das Langweiligste der Welt. Einfach nur ein sinnloser langgestreckter weißer Hügel im Meer. Der einzige Zweck, den eine Sandbank zu haben scheint, ist, Touristen zu den hundeartigen Raubtieren zu locken. Die anderen machten sich unter der Führung von Opa Hein auf, die Sandbankspitze zu erkunden, wo die Seehunde gewöhnlich liegen. Rüdiger und ich ließen uns stattdessen in den Sand fallen und genossen die herrliche Maisonne. Sollten sie nur ruhig Robben angucken gehen, wir würden hier auf sie warten. Heidi schüttelte über so viel Desinteresse nur verständnislos den Kopf, nahm Doris, die sich mit ihren beiden künstlichen Hüftgelenken und ihrem künstlichen Knie noch etwas schwertat, unter den Arm und stolperte Opa Hein hinterher. Es mag vielleicht auch an dem Pils gelegen haben, das wir uns an Bord genehmigt hatten, wir wollten einfach nur unsere Ruhe. Das aber sollte sich als grausamer Fehler erweisen. Wären wir doch nur mit den anderen gegangen! Dann wäre der ganze Schlamassel nicht passiert!

Rüdiger hatte ihn zuerst entdeckt. Den schwarzen Fleck am Ufer. Die Sonne stand flirrend darüber, so dass man in dem gleißenden Licht zunächst nicht wirklich was erkennen konnte.

»Ein Seehund!«, rief Rüdiger und deutete auf das schwarze Etwas.

Wir mussten lachen. Da stapfte die Seehundguckerbande mühsam Opa Hein hinterher, und gleich vor unserer Nase aalte sich das schönste Exemplar im Sand.

»Komm, wir machen ein Foto!«, schlug ich vor und erhob mich umständlich.

»Nicht zu nah«, rief mir Rüdiger hinterher, »die Dinger sind kamerascheu.«

»Kein Problem«, brummte ich und kramte meine Kamera aus der Hemdtasche hervor, »wozu habe ich mein Zweihunderterzoom?«

Ich drehte am Objektiv – und mir stockte der Atem. Das Ding im Sucher war kein Seehund! Das war etwas anderes. Das war überhaupt kein Tier. Das war ein Mensch! Ich steckte die Kamera ein und rannte los.

Manche Kerle erkennst du auf Anhieb, selbst wenn das Meer sie angespült hat und ihnen die Algen in den Haaren hängen. Kein Zweifel, das war er, das war Osama Bin Laden! Das musste er sein, auch wegen des hässlichen kleinen Lochs in der Stirn. Ich registrierte den Fund ohne jede Emotion, so sachlich, als wäre ich auf ein Stück Treibholz gestoßen. Auf dieser gottverlassenen Sandbank vor der Küste von Norderney, im hellen Licht der Maisonne, lag die Leiche Osama Bin Ladens!

Rüdiger war auf meinen Ruf gleich hinzugeeilt.

»Das is' er!«, flüsterte auch er.

Wie um alles in der Welt kam seine Leiche hierher?

»Seebestattung, stand in der Zeitung«, sagte ich, »die Amerikaner haben ihn sofort ins Meer geschmissen!«

»Aber doch nicht in die Nordsee!«, rief Rüdiger. »Mensch, Horst, weißt du, wo sie ihn erschossen haben? In Pakistan! Weißt du, wo Pakistan liegt? Am arabischen Meer!«

Klar wusste ich, wo Pakistan liegt. Ich kannte die ganze Welt. Genauso wie Rüdiger. Uns hatten sie ja schon in die entlegensten Winkel verschickt, zum Leitungenbasteln. Klar aber war auch, das hier war Osama Bin Laden. Der Top-Terrorist lag genau zu unseren Füßen im Nordseesand und nicht am Strand des arabischen Ozeans! Und klar war ebenso: Unmöglich konnten Wellen und Strömung die Leiche von Arabien hierher gespült haben. Wie denn auch! Um das Kap von Afrika herum die gesamte afrikanische Küste hinauf, an Portugal, Spanien und Frankreich vorbei durch den Ärmelkanal? Und das Ganze in drei Tagen? Vor drei Tagen war die Sache ja erst passiert, vor drei Tagen hatte die amerikanische Spezialeinheit ihn erwischt. Wir hatten die letzte Bild-Zeitung im Strandcafé ergattert, darauf das große Foto von dem terroristischen Rauschebart. Alle hatten wir uns über die Nachricht gefreut, nur Doris hatte den Mund verzogen und gemeint, das sei nicht richtig. Man hätte versuchen sollen, Bin Laden lebendig zu fangen, um ihn dann vor ein Gericht zu stellen. Ein typischer Doris-Satz, naiv bis in die Knochen! So ein Terrorist hebt doch nicht einfach die Hände und lässt sich friedlich abführen. Der will nur eins: den Märtyrertod sterben!

»Dann haben sie ihn wohl doch in die Nordsee geworfen«, murmelte Rüdiger, ohne seinen Blick von dem Toten wenden zu können.

Auf dem Grün der Algen krabbelten ein paar Fliegen herum. Fliegen selbst hier draußen auf der Sandbank. Lange konnte er noch nicht hier liegen, der Bart und das lange Gewand waren noch klatschnass. Die gebrochenen Augen hatte er zum Himmel gedreht. Rüdiger fingerte sein Handy aus der Tasche seines Hawaiihemdes. Wie oft hat er mir später vorgeworfen, ich hätte ihn nur telefonieren lassen sollen! Wie mich das nervte! Rüdiger ist immer schon so gewesen, ständig musste er zurückblicken, musste an getroffenen Entscheidungen herumräsonieren, ein ewiges »Was wäre Wenn ...« Das half doch alles nichts! Natürlich hätte ich ihn die Polizei rufen lassen sollen. Das wäre wohl das Beste gewesen. Aber nachher ist man immer klüger. Rüdiger wurde blass, und sein Atem ging schwerer. Zum Glück hatte er sein Asthmaspray dabei, er fing schon an zu pfeifen.

»Wenn wir jemanden anrufen, dann jemanden von der Presse«, sagte ich, »überleg doch mal, angenommen, wir rufen die Bild an. Was meinst du, was die dafür locker machen!«

Rüdiger war ein paar Schritte zurückgewankt und hatte sich in den Sand fallen lassen. Erschöpft wischte er sich den Schweiß vom Gesicht. Er sah nicht danach aus, als könnte er einen klaren Gedanken fassen. Erneut nahm er einen Hub aus seiner Spraydose.

»Mindestens zehntausend!«, jubilierte ich. »Bin Laden ist ein Star, eine Ikone. Auch noch als Toter. Stell dir doch mal die Schlagzeile vor: Osama auf friesische Sandbank gespült! Und darunter ein Foto von der Leiche mit uns beiden rechts und links.«

Rüdiger schien immer noch nicht überzeugt, ja, er schien mir gar nicht richtig zuzuhören. Er schüttelte ständig nur den Kopf: »Ich fass' es nicht, ich fass' es nicht.«

»Rüdiger«, sagte ich im sanften Ton, »natürlich ist das eine furchtbare Sache, so ein Toter ist kein schöner Anblick. Auf der anderen Seite, das ist nicht irgendwer. Das ist eine Figur der Weltgeschichte. Ein Verbrecher, klar, aber doch einer der Extraklasse. Was willst du da mit der Polizei? Sein Tod ist doch geklärt. Da gibt's doch nichts mehr zu ermitteln! Bin Laden ist etwas für die Medien. Und unsere Pflicht ist, die Berichterstattung nicht zu behindern.«

Wie ich es geschafft hatte, Rüdiger zu überzeugen, weiß ich nicht mehr. Jedenfalls half er mit, die Leiche ein Stück weiter hinauf auf die Sandbank zu ziehen, fast bis zur Kuppe. Ich hätte es ja auch allein gemacht, aber mein Ellenbogen machte da nicht mit. Bin Laden war schwerer, als er aussah. Wir zogen ihn an den Füßen und bemühten uns, ihn nicht umzudrehen. Die Schleifspur sah hässlich aus. Oben fingen wir an, die Leiche mit Sand zu bedecken. Als wir beim Gesicht ankamen, kroch ein Krebs aus dem geöffneten Mund, und Rüdiger musste sich würgend zur Seite drehen. Dabei ist es völlig natürlich, dass sich Krebse Höhlen suchen. Rüdiger ist oft etwas überempfindlich. Das mit dem Sandgrab aber musste sein. Erstens, damit ihn kein anderer fand, zweitens wegen der Möwen, die schon gierig zu ihm hinüberschielten, und drittens, damit die Flut ihn nicht gleich wieder mitnahm. Wir waren schon auf dem Weg zurück zum Schiff, als mir noch etwas einfiel. An ein kleines angeschwemmtes Stöckchen band ich meine rechte weiße Socke, lief zurück und steckte das Fähnchen auf das Grab. Wer weiß, ob wir es sonst wiederentdeckt hätten?

»Und kein Wort zu unseren Frauen!«, schärfte ich Rüdiger ein, als wir auf die Seehundegucker warteten. Das hätte noch gefehlt, dass sie alles vermasselten. Man wusste ja nie, wie Frauen reagierten. Sie würden es noch früh genug erfahren.

Wo ich meine rechte Socke gelassen hätte, fragte mich Heidi, als wir wieder auf dem Boot saßen. Ich zuckte mit den Achseln.

»Keine fünf Minuten kann man euch allein lassen«, lachte Heidi und stieß Doris in die Rippen, »Männer eben!«

Schuld am weiteren Verlauf der Geschichte war natürlich die Bild-Zeitung. Alles wäre so einfach gewesen. Ich hätte fünfzehntausend gefordert, der Redakteur hätte fünftausend gesagt, und wir hätten uns auf zehntausend geeinigt. BAT. Bar auf die Tatze! Plus die Fernsehauftritte und das ganze Drumherum.

»Was meinst du«, sagte ich zu Rüdiger, als wir nachmittags wieder in unserer Strandburg saßen und die Frauen zur Ferienwohnung unterwegs waren, den Kaffee zu holen, »wer wird uns alles einladen? Der Kerner bestimmt als Erstes.«

Rüdiger sah jetzt besser aus. Ja, er zeigte bereits wieder etwas, was man bei einem anderen Menschen ein Lächeln genannt hätte. Wir diskutierten eine Weile herum, wie viel man für die Teilnahme an einer Fernsehshow wohl einstreicht. Für uns müssten sie das Doppelte locker machen. Welcher Talkshow-Gast konnte schon behaupten, Osama Bin Laden am Strand gefunden zu haben? Die Fragen, die man an uns richten würde, waren jetzt schon klar. »Woran haben Sie ihn erkannt?« – »Was haben Sie empfunden, als Sie erkannten, dass der Tote Osama Bin Laden ist?« »Was ist das für ein Gefühl, vor dem meistgejagten Top-Top-Terroristen zu stehen?« – »Wie haben Sie es Ihren Frauen beigebracht?« Die klassischen Kernerfragen eben. Ich musste Rüdiger aber zuvor hoch und heilig versprechen, nicht zu erzählen, dass er gekotzt hatte.

»Klare Kiste«, sagte ich, »geht doch keinen was an.«

Rüdiger blätterte in der frisch erstandenen Bild-Zeitung, dann hatte er die Telefonnummer gefunden. Natürlich ließ er mir den Vortritt. Zum Telefonieren ging ich hinauf in die Dünen. Brauchte ja nicht jeder mitbekommen.

»Ja, die Redaktion, jemanden von der Redaktion! – Welches Ressort? Politik und Gesellschaft! – Worum es geht? Ein Knaller, ein echter Knaller! – Hören Sie, es geht Sie zwar nichts an, aber wenn Sie unbedingt darauf bestehen: Wir haben Bin Laden gefunden! – Ja, Sie haben recht gehört, die Leiche von Osama Bin Laden! – Wo? Das verraten wir erst, wenn wir uns einig sind! Nur so viel: Wir haben ihn am Nordseestrand verbuddelt!«

Zack! Die Dame hatte aufgelegt. Verarschen könne sie sich selber. Hätte nicht gedacht, dass die Bild-Zeitung so unprofessionelle Leute ans Telefon setzt. Ich wählte ein zweites Mal. Wieder war die Dame dran. Wir hätten doch sicher ein Foto von dem Toten. Das sollten wir ihnen mailen, dann würde man weitersehen.

Ein Foto! Mensch, wie blöd von mir. Hatte ihn vor der Linse gehabt und nicht abgedrückt. Verärgert steckte ich das Handy ein und ging zu Rüdiger zurück. Der erwartete mich schon mit gespanntem Gesicht.

»Mist«, sagte ich, »sie wollen ein Foto.«

Nein, natürlich hatte ich keines. Hätte er doch selbst eins gemacht, der ewige Besserwisser. Ja, wenn er gewusst hätte, dass ich keines gemacht hätte, dann hätte er eins geschossen. Alles klar! Speit in den Sand, wenn er einen Krebs sieht, aber ganz cool ein Foto schießen.

»Und nun?«, fragte mich der Hawaiihemdenheld.

»Fahren wir halt morgen nochmal zu den Seehundbänken!«

Da kamen schon unsere Frauen mit der Thermoskanne zurück. Kaffee gab's auch im Strandcafé, die Inselhalunken wollten aber zwei Euro fünfzig für den Becher. Alles alte Piraten hier, nehmen dich aus, wo sie nur können. So kochten unsere Frauen den Kaffee halt in unserer Ferienwohnung. War ja unmittelbar hinter den Dünen, und außerdem hatte der Arzt Doris für ihre drei künstlichen Gelenke Bewegung empfohlen. Damit die Eisenteile nicht sofort wieder einrosteten. Warum sie sich nicht gleich auch das andere Knie hatte ersetzen lassen, hatte ich sie neugierig gefragt, und dafür von Heidi am Abend einen üblen Rüffel erhalten. Wie man nur so schrecklich unsensibel sein könne, 'ne typisch blöde Männerfrage sei das gewesen. Schlimm genug, wenn man drei neue Gelenke brauche, da käme ich dann noch daher und fragte nach dem vierten!

Doris schenkte uns Kaffee in unsere Pappbecher, und wir machten es uns gemütlich. Geschickt kam ich auf die Seehunde zu sprechen und wie leid es uns jetzt täte, nicht mit Opa Hein gegangen zu sein. Heidis Augen leuchteten. Ja, man habe eine ganze Großfamilie sehen können. Die Kleinen seien ja so putzig!

»Was meinst du?«, fragte ich Rüdiger. »Fährst du morgen nochmal mit?«

Rüdiger verschluckte sich am Kaffee, nickte aber eifrig. Ja, ja gewiss, er müsse die Tierchen ebenfalls unbedingt noch sehen! Unsere Frauen sahen uns komisch an. Dann erklärten sie uns für komplett verrückt. Das sei doch wohl nicht unser Ernst, erst hätten wir uns weiß Gott wie angestellt und lustlos den Sand zwischen unseren Fingern rieseln lassen und nun wollten wir gleich wieder in See stechen?

»Kommt nicht in Frage«, protestierte Heidi.

»Und außerdem fahren sie nur donnerstags!«, wusste Doris und rieb sich ihr gesundes Knie. Oder war es das künstliche?

Wenn schon was schiefläuft, dann aber auch gleich alles. Am Abend, nach der obligatorischen Scrabble-Partie zu viert, gingen Rüdiger und ich noch auf ein Bierchen zur Marienhöhe. Was nun? Donnerstag in einer Woche würden wir schon längst wieder daheim sein, Samstag, also übermorgen, ging's zurück. Von der Terrasse des Cafés sahen wir hinaus aufs Meer. Da drüben, das musste die Sandbank sein. Selbst bei Flut ragte sie noch ein Stück aus dem Wasser. Dort lag er in seinem sandigen Grab, Osama Bin Laden, der Mann, der die Welt in Atem gehalten hatte, der die Türme des World Trade Centers hatte einstürzen lassen.

»Der Krebs war so was von widerlich.« Rüdiger nahm mit angeekeltem Gesicht einen Schluck aus seinem Pilsglas.

Ich schwieg eine Weile und betrachtete das Meer. Immer sah es anders aus. Vor ein paar Tagen hatten wir es wild und aufbrausend erlebt, jetzt lag es friedlich da, und die Wellen kräuselten sich nur wenig.

»Fast wie bei uns zu Haus am kleinen Brombachsee«, schwärmte Rüdiger.

Er wäre am liebsten daheim geblieben, genauso wie ich. Wie schön hatten wir es doch in unserem kleinen Campingwagen in der idyllischen grünen Bucht. Das reichte uns vollkommen. Unsere Frauen aber drängte es jedes Jahr einmal an die weite See. Ob wir den Unterschied denn nicht spüren würden, meinten sie, das Meer wäre doch ganz was anderes! Den Unterschied spürten wir vor allem im Portemonnaie. Das Bier in Franken schmeckte doppelt so gut, kostete aber nur die Hälfte. Und für das Geld, das wir für das mickrige Wiener Schnitzel im Strandcafé abgedrückt hatten, hätten sie dir in Franken ein ganzes Schwein paniert! Und Schäufala gab's auf der ganzen Insel nicht. Heidi und Doris aber ließen auf die Nordsee nichts kommen. Völlig entrückt und verzückt konnten sie sich am Sonnenuntergang nicht sattsehen. Seufzend standen sie dann an der Promenade, während wir hungrig auf die Uhr schauten. Nur weil es sich heute Abend zugezogen hatte, waren sie nicht mitgekommen. Ich bestellte uns zwei frische Pils und sah Rüdiger scharf in die Augen.

»Es gibt nur eine Möglichkeit.«

»Was meinst du?«, fragte Rüdiger.

»Das Schlauchboot!«

Das Schlauchboot hatten wir immer dabei. Man passte nur zu zweit hinein, deshalb konnten wir Herren uns unauffällig abseilen, wenn uns danach war. Noch nie aber waren wir im Dunkeln in See gestochen. Rüdiger hatte lebhaft protestiert, was zu erwarten war. Schließlich aber hatte er nachgegeben, denn ich hatte ihm klargemacht, dass so eine Gelegenheit nicht wiederkommen würde. Wie lange hatten wir doch darauf gewartet, dass das Schicksal es einmal gut mit uns meinte.

Von der Arbeit zunehmend gefrustet hatten wir das Angebot von Siemens sofort akzeptiert, in den Vorruhestand zu gehen. Vier Jahre bei reduziertem Gehalt arbeiten, dann mit achtundfünfzig Jahren und guter Rente ab in die Freizeit. Hatte sich gut angehört, zumal wir keine Lust mehr hatten, uns von diesem jungen Klugscheißer, diesem Krause, etwas sagen zu lassen. Solange wir in Ruhe unsere Arbeit machen konnten, okay. Aber dass ein Typ, der noch nicht mal Ingenieur war, uns vorschreiben durfte, welchen Stahl wir für die Strommasten zu nehmen hätten, nein danke! So hatten Rüdiger und ich uns zusammengesetzt, den Taschenrechner gezückt und festgestellt, dass sich das Angebot rechnete.

Zwei Sachen aber hatten wir dabei nicht einkalkuliert: Die Inflationsrate und die Ansprüche unserer Frauen. Allein dieser Urlaub auf Norderney! Vorsaisonpreise? Dreimal laut gelacht! Die Euros purzelten uns nur so aus der Tasche. Dann die Sache mit den Jacketkronen. Wie hatte Heidi geheult, als ich den Kostenvoranschlag des Zahnarztes vor ihren Augen wütend zerrissen hatte! Ihre Schlafstörungen kämen vom Amalgam, hatte sie schluchzend ausgerufen, ihr Schlaf aber sei mir offensichtlich völlig egal! In irgendeiner Friseurillustrierten hatte sie den Blödsinn mit dem Amalgam gelesen und war seitdem von der Idee wahnhaft befallen. Nachts würde das Quecksilber heimlich aus ihren Zähnen in ihren Magen sickern, und Quecksilber hätte die Eigenschaft, den Menschen nicht zur Ruhe kommen zu lassen. Ich wandte ein, ich hätte doch mindestens dreimal so viel Amalgam im Mund und würde damit prächtig schlafen. Heidi aber heulte auf diesen Beruhigungsversuch hin nur noch schlimmer. Ich würde sie nicht mehr lieben, und ihre Gesundheit wäre mir keinen Pfifferling wert, waren noch die harmlosesten Vorwürfe. Sie bearbeitete mich so lange, bis ich unvorsichtigerweise versprach, das unverschämte Zahnsanierungsangebot nochmal zu prüfen. Jetzt hatte ich den Salat, denn ich hatte ihr bereits eine neue Waschmaschine und ein Bewässerungssystem für den Garten versprochen, der nächste Bausparvertrag würde aber frühestens in drei Jahren fällig. Mein Traum von einem bescheidenen Segelboot auf dem kleinen Brombachsee war damit ausgeträumt. Selbst wenn Rüdiger die Hälfte übernahm, würde es nicht reichen.

Zu allem Unglück galoppierte die Inflation. Nie hätte ich geglaubt, dass ein deutscher Ingenieur ins Prekariat stürzen könnte. So stand es um unsere finanzielle Situation, als uns ein glückliches Schicksal Osama Bin Laden vor die Füße spülte. Und da sollten wir dieses Geschenk einfach den Quallen überlassen? Niemals, wir wären ja blöd gewesen!

Das Wetter war ideal, die Nordsee eine Badewanne. Wir paddelten in die Nacht hinein, immer Richtung Sandbank, immer dem glänzenden Licht des Mondes hinterher. Eine Stimmung, fast wie auf dem kleinen Brombachsee. Der Abend lau und mild, fast windstill, nur leichte Wellen, die uns kaum ins Schaukeln brachten. Ach, wenn sich unsere Frauen nur mit dem kleinen Brombachsee zufriedengegeben hätten, nie wären wir in diesen Schlamassel geraten! Aber wir waren guten Mutes. Zumindest ich. Rüdiger war niemals guten Mutes, Skepsis war bei ihm der Normalzustand, da durfte ich nicht zu viel Rücksicht drauf nehmen. Er war schon immer so. Hatten wir eine perfekte Arbeit hingelegt und Hunderte Kilometer Stromtrassen über widrigste Schluchten und Klüfte verlegt, kaute Rüdiger immer noch nervös auf den Nägeln und konnte bis zum Schluss nicht daran glauben, dass alles geklappt hatte. So war er eben. Wenn er bei dieser Aktion keine Atembeklemmungen bekommen hätte, hätte ich ihn nicht wiedererkannt.

Mit den Plastikpaddeln wechselten wir uns ab und kamen gut voran. Keine halbe Stunde und wir stießen auf die Sandbank. Das Schlauchboot zogen wir so weit den Strand hinauf, bis wir sicher sein konnten, dass es die Flut nicht mitnahm, dann machten wir uns auf die Suche. Gut, dass ich die Idee mit der Socke gehabt hatte! Im Mondschein leuchtete sie uns den Weg. Ich steckte sie in die Hosentasche, warf das Fahnenmästchen weg und begann, den Sand beiseitezuschieben.

»Komm, Rüdiger, hilf mir gefälligst!«, rief ich.

»Es reicht doch, wenn du das Gesicht freimachst«, rief er zurück und blieb in sicherer Entfernung stehen.

Feigling! Nun, dann eben nicht. Etwas unangenehm war es nur, den Bart vom Sand zu befreien. Ich zog die schwarzen Haare vorsichtig empor und schüttelte sie ein wenig. Die gebrochenen Augen träufelte ich mit etwas Mineralwasser frei. Ich hatte an alles gedacht. Nun schnell das Foto geschossen! Meine neue Kamera machte ausgezeichnete Bilder, selbst unter solchen Bedingungen. Die Bild-Zeitung würde staunen. Und den Terroristen gleich erkennen. Trotz des nassen Bartes. Ich wählte den Porträtmodus und drückte ab. Doch was war das? Das verdammte Ding, das chinesische, blieb einfach stumm. Sooft ich auch den Auslöser drückte, es tat sich nichts. Mist, der Akku war leer! Dabei hatte ich ihn gestern erst aufgeladen. Rüdiger trat unruhig auf der Stelle. Auf die Frage, was denn los sei, gab ich nur einen stillen Fluch von mir.

»Das liegt bestimmt an den Möwen«, sagte Rüdiger.

»An den Möwen?«, erwiderte ich. Mir war klar, Rüdiger war nun vollkommen übergeschnappt.

»Also eigentlich an Heidi«, stotterte Rüdiger, »sie hat doch vorm Abendessen noch die Möwen fotografieren wollen.«

Fast hätte ich die Kamera in hohem Bogen in die See geworfen! Wie oft hatte ich Heidi schon ermahnt, die

Kamera nach Gebrauch wieder auszumachen. Aber an so was dachte sie natürlich nicht.

»Wenn du den Akku erwärmst, macht er es vielleicht wieder«, sagte Rüdiger.

»Bitte«, ich reichte ihm den Apparat, »versuch's gerne einmal selbst.«

Rüdiger nahm die Kamera tatsächlich und begann, den Akkukasten zwischen seinen blassen Händen zu reiben. Nichts tat sich. Kein Wunder, seine Hände waren ja noch kälter als der Akku.

Ich versuchte es selbst. Doch umsonst, der Akku gab kein schlappes Elektron mehr von sich. Frustriert steckte ich die Kamera wieder ein.

»Und nun?«, fragte Rüdiger.

Ich sah ihn grimmig an. »Dann nehmen wir ihn eben mit.«

Zwei Hübe aus seinem Asthmaspray und Rüdiger war endlich so weit, mitanpacken zu können. Er weigerte sich jedoch strikt, Bin Laden mit ins Boot zu nehmen. So entschieden wir uns für eine andere Lösung. Die Kordel des Plastikbootes erwies sich glücklicherweise als lang genug, um sie um die Brust des Toten zu wickeln. Mühsam legten wir ab. Während Rüdiger schon im Boot Platz genommen hatte, schob ich uns durch Sand und Wasser watend ins offene Meer hinaus, die Leiche wie an einem Lasso hinter uns her ziehend. Die Gewänder Osamas entfalteten sich auf der Wasserfläche und gaben ihm ein stattliches, beinah majestätisches Aussehen. Plötzlich begriff ich, was der Mann für eine Ausstrahlung besessen haben musste. Als ich tieferes Wasser erreicht hatte, ließ ich mich von Rüdiger ins Boot ziehen, was uns mit Mühen gelang. Doch als wir lospaddeln wollten, stellten wir zu unserem Schrecken fest, dass Wasser ins Boot lief. Wir hatten unterschätzt, dass es durch den Zug der Leiche hinten heruntergezogen wurde. Was sollten wir tun? Bin Laden losschneiden? Da kam uns der Zufall zu Hilfe. Rüdiger entdeckte in einer Seitentasche des Bootes zwei Plastikteile. Die Schwimmhilfen von Doris! Natürlich musste ich wieder ran, Rüdiger drückte sich, wo er nur konnte.

»Der Mann ist tot«, versicherte ich ihm, »der tut keiner Fliege mehr was zuleide.«

Mit etwas Gefummel zog ich Doris' Schwimmhilfen über die schlappen Arme. Die orangefarbenen Wülste aufzublasen, war unangenehmer, weil ich mit meiner Nase ziemlich nah an den Toten heranmusste. Aber der Aufwand lohnte sich. Mit dem kleinen Trick hatten wir das Boot wieder stabilisiert, und Bin Laden schwamm wie von allein hinter uns her, ja gelegentlich, wenn wir die Paddel wechselten, gab er uns sogar einen sanften Stups.

»Es ist nicht richtig«, sagte Rüdiger.

»Was meinst du?«, fragte ich, obwohl ich ahnte, worauf er hinauswollte.

»Das, was wir da machen«, rief Rüdiger, »man schleppt keine Leichen durch die Gegend!«

»Das ist nicht irgendeine Leiche, das ist Bin Laden, Osama Bin Laden, der größte Terrorist, den die Welt je gesehen hat«, sagte ich und ruderte weiter.

»Trotzdem ist es nicht richtig!«

Rüdiger, der ewige Bedenkenträger! Während ich unverdrossen weiter paddelte, machte ich ihm klar, dass wir uns mit unserer Aktion in einer durchaus ehrenwerten Tradition bewegten. Schon die frühen Altertumsforscher hätten sich für besondere Leichname interessiert. Man denke nur ans alte Ägypten. Wie viele Pharaonen hatte man aus ihren Särgen geholt, um sie in Museen auszustellen. Ob das auch nicht richtig gewesen wäre?

»Bin Laden war aber kein König!«, erwiderte Rüdiger.

»Ja und?«, sagte ich, »gerade drum! Wenn man Könige umbetten darf, dann wohl erst recht einen Verbrecher.«

Als wir den Strand von Norderney erreichten, verbarg sich der Mond hinter aufziehenden Wolken, und es herrschte fast vollkommene Dunkelheit. Nur die weißen Kronen der an den Strand schlagenden Wellen erkannte man noch. Die Bedingungen hätten nicht besser sein können.

»Wohin jetzt?«, fragte Rüdiger, als wir das Schlauchboot mit Bin Laden im Schlepptau an Land gezogen hatten.

Ich deutete in Richtung Dünen: »Zu unserer Strandburg!«

Trotz der Dunkelheit konnte ich erkennen, wie Rüdiger protestierend das Gesicht verzog. Weil ihm jedoch keine bessere Idee einfiel, hielt er den Mund und half sogar mit, den Toten ins Boot zu ziehen. Er schien sich tatsächlich an unseren neuen Kameraden zu gewöhnen. Ich öffnete den Strick und ließ die Luft aus den Schwimmhilfen. Auf dem aufgeblasenen Schlauchboot zogen wir Osama mühelos zu unserer Strandburg hinüber.

Gut, dass wir so geräumig gebaut hatten. Ohne angeben zu wollen: Unsere Strandburg war die stattlichste vom ganzen Abschnitt B! Einen geschlagenen Vormittag hatten Rüdiger und ich geschuftet. Heidi und Doris hatten unterdessen Muscheln gesammelt und auf die glattgeklopfte Außenmauer unseren Strandburgnamen als Mosaik gelegt: »Frankenstolz!«

Im Burginnern hoben wir nun eine lange Grube aus und legten Bin Laden hinein. Rüdiger schlug vor, ihm die Hände vor der Brust zu falten, ehe wir ihn wieder einbuddelten. Die alte Gefühlsgurke! Ich sagte, Osama sei doch alles andere als ein Christ gewesen und nur Christen falte man die Hände. Das sah selbst Rüdiger ein, dann aber bestand er darauf, den Toten umzudrehen, also mit dem Kopf Richtung Meer. Er habe das mal gelesen, dass man Muslime mit den Füßen nach Osten bestatte, damit sie am Tag der Auferstehung gleich in die richtige Richtung blickten. Rüdigers Sinn für Pietät in allen Ehren, aber jetzt ging er mir gewaltig auf den Keks. Der Tag der Auferstehung sei für Bin Laden noch lange nicht gekommen, meinte ich, aber Rüdiger bestand auf der Umbettung. Ich hatte keine Lust auf eine Grundsatzdiskussion und gab achselzuckend nach. Schließlich bedeckten wir den Toten wieder mit Sand, diesmal mit einer extradicken Schicht, denn schließlich würden Heidi und Doris ja morgen hier Platz nehmen. Dann rieben wir uns die Hände sauber und sahen uns erleichtert an. Geschafft!

Es ging uns ja nicht um eine Bonzenyacht. Wir stellten uns so ein schlankes, weißes Segelboot vor, mit einer kleinen Kajüte zum Kaffeetrinken. Nicht so ein aufwendiges, chromblitzendes Angeberschiff. Ein solcherart aufgemotztes Ding würde auch nicht zum kleinen Brombachsee passen. Der kleine Brombachsee ist eine beschauliche Talsperre für ganz normale Leute. Keine Chiemsee-Schickeria, kein Starnbergersee-Snob tummelt sich an seinen Ufern. Der kleine Brombachsee ist einer von uns: bescheiden und bodenständig. Fränkisch halt. Oft haben Rüdiger und ich davon geträumt, mit unserem eigenen Boot darüber hinwegzusegeln. Wenn wir auf unseren Campingstühlen saßen, über die blaue Wasserfläche blickten und dem munteren Segeltreiben wehmütig zusahen.

Wir sind Dauercamper. Nordufer, Campingplatz »Alte Scholle«, Reihe vier, fünfter Stellplatz von links. Dort steht unser Wohnwagen, gebraucht, aber top in Schuss. Das alte Langmodell von Westfalia, kluge

Raumaufteilung mit zwei separaten Schlafbereichen. Die Jahresmiete für den Platz kostet uns knapp sechshundert Euro. Kein Pappenstiel, aber es ist jeden Euro wert. Schließlich befindet sich der Campingplatz auf einer Landzunge gleich am Wasser. Optimale Bedingungen. Lauter Dauercamper um uns herum, kaum Familien mit nervigen kleinen Kindern und vor allem kein Zeltlager mit lärmenden Jugendlichen. Ein Paradies! Was fehlte, war nur noch das Segelboot. Doch auch ein kleines Boot hat seinen Preis. Selbst wenn es uns gelingen sollte, die Bild anzuzapfen, für unser Segelboot würde das niemals reichen. Zumal da doch noch Heidis neue Zähne waren. Und die neue Waschmaschine. Und die Bewässerungsanlage für den Gar ten.

Da kam mir auf unserem nächtlichen Weg zurück zu unserer Pension ein Gedanke, eine geniale Idee, wie wir unseren Gewinn noch steigern könnten. Rüdiger erzählte ich zunächst nichts davon. Man muss bei ihm taktisch vorgehen, muss ihn äußerst behutsam auf alles Neue vorbereiten. Das hatte ich in den langen gemeinsamen Arbeitsjahren gelernt.

2

Unser letzter Urlaubstag war gekommen. Morgen ging's zurück in die Heimat. Heute aber wollten wir den Tag noch einmal am Strand verbringen, schließlich schien die Sonne aufs Schönste von einem wunderbaren Frühlingshimmel herab. Kaum ein Wölkchen war zu sehen, und die Damen rieben sich schon am Frühstückstisch fröhlich mit Sonnenmilch ein. Als wir mit unserem Bollerwagen den Strand erreichten, aber war unsere Empörung groß. Mitten in unserer prächtigen Strandburg tummelte sich eine fremde Familie! Vater, Mutter und drei Gören, die jüngste sicher noch nicht mal zwei Jahre alt. Ich glaubte nicht, was ich sah: »Frankenstolz« hatten sie brutal herausgerissen und »Wanne-Eickel« aus den Muscheln gelegt. Wütend wies ich die Bande an, unsere Burg sofort zu verlassen, worauf der Vater jedoch nur frech grinste. Es gäbe am Strand keine Besitzrechte.

»Wer zuerst kommt, mahlt zuerst«, sagte der Typ.

Kann man sich so eine Unverschämtheit vorstellen? Na, dem Knaben würde ich helfen! Eine hitzige Diskussion begann. Heidi versuchte, mich zu beruhigen und fortzuziehen, was meine Wut aber nur noch mehr anheizte. Ich schimpfte, ich drohte, ich wurde laut. Der Kerl war durch nichts zu beeindrucken. Da zupfte Rüdiger mich heftig am T-Shirt und machte mich auf die Kleine aufmerksam. Das Mädchen hatte sich in den Sand fallen lassen und begann, mit ihrem Schäufelchen Sand in ihr Eimerchen zu füllen. Sofort verstand ich. Die Ostseite! Genau an dieser Stelle mussten sich die Füße Bin Ladens befinden! Erneut stieß die Kleine ihre Schaufel in den Sand, doch diesmal schien sie auf Widerstand zu stoßen. Nun war meine Geduld zu Ende. Mit einem Satz sprang ich in die Burg, entriss der Kleinen die Schaufel und schrie sie an, gefälligst keine Löcher in unsere Burg zu graben!

Wäre in diesem Moment nicht der Mann von der Wasserwacht vorbeigekommen, ich weiß nicht, was passiert wäre. Der hatte unsere schöne Burg des Öfteren bestaunt und wies Wanne-Eickel scharf zurecht. Murrend und schimpfend packte die Bande ihre Strandklamotten zusammen und räumte unsere Festung. Ich wischte mir den Schweiß von der Stirn. Das war gerade nochmal gut gegangen! Das Loch von der Kleinen aber füllte ich eilig wieder auf und klopfte den Sand fest.

Daraufhin begann Rüdiger, den Boden der Burg komplett mit Handtüchern zu bedecken, was ihm aber eine scharfe Rüge von Doris einbrachte. Badehandtücher auf dem Sand, igitt! Wir Männer machten uns daran, den gewohnten Schriftzug wieder anzubringen. Wanne-Eickel! Das war ja wirklich das Letzte. Heidi und Doris packten derweil unsere sieben Sachen aus dem Bollerwagen. Ich war gerade dabei, das »F« zu legen, als ich aus dem Augenwinkel beobachtete, wie Doris den Sonnenschirm nahm, mit der eindeutigen Absicht, ihn mitten im Zentrum unserer Burg in den Sand zu rammen. Im Nu war ich bei ihr und nahm ihr den Schirm ab. Ich bohrte ihn behutsam an sicherer Stelle in den Boden, etwas weiter weg.

»Nun liegt ja nur die Hälfte im Schatten«, maulte Doris. Und außerdem sei sie doch keine Behinderte, das hätte sie schon allein geschafft.

»Ich liege gerne mal in der Sonne!«, erwiderte ich nur und begab mich wieder zum Schriftzug zurück.

Seit ihren Operationen hatte Doris schreckliche Komplexe und witterte überall Mitleid, und Mitleid vertrug sie nicht. Dabei hatten wir doch alle mit irgendwelchen Zipperlein zu kämpfen. Bei Heidi war's der Magen, der nicht mehr so recht mitspielte. Außerdem schlief sie immer schlechter, ich erwähnte es schon. Neben dem Amalgam sei angeblich mein Schnarchen schuld, dabei schnarche ich überhaupt nicht. Jedenfalls nicht richtig. Höchstens mal ein verschärftes Atemgeräusch, das man aber wirklich nicht als Schnarchen bezeichnen konnte. Ich selbst litt an einem Tennisellenbogen und trug deshalb stets einen Stützverband, obwohl ich seit Jahren kein Tennis mehr spielte.

Rüdiger war bis auf sein gelegentliches nervöses Asthma der Gesündeste von uns allen, was er aber nie zugeben würde. Alle vierzehn Tage litt er an einem anderen Gebrechen, besser gesagt, er bildete sich stets aufs Neue ein, eine Krankheit in sich zu tragen. Deshalb lief er auch ständig zum Arzt. Beruhigte ihn dieser, so brachen bald neue Symptome an einer anderen Körperstelle aus. Rüdiger verpasste keine Gesundheitssendung und saß dann nägelknabbernd vor der Glotze, um gleich am nächsten Tag die kompletten Symptome selbst zu durchleiden. Dabei ging er so lebhaft mit, dass er nach einer Sendung über das Tourette-Syndrom tatsächlich für einige Tage ein nervöses Zucken um den Mund zeigte. Auf unseren Auslandsreisen hatte er ausschließlich Cola aus der Dose getrunken und sich von abgepackten, trockenen Keksen ernährt. Man könne nie wissen, was für Keime in fremdem Essen herumkrabbeln würden, pflegte er zu sagen, während ich mir die Paella schmecken ließ.

»Wenn wir uns Strandkörbe gemietet hätten, bräuchten wir keinen Sonnenschirm«, fing jetzt auch Heidi an.

Immer die alte Leier. So eine Strandburg sei doch viel zünftiger. Noch nie hatten wir Strandkörbe gebraucht, warum jetzt auf einmal? Die Dinger sehen doch alle gleich aus. Und sind außerdem sündhaft teuer. Günstiger werden sie nur, wenn man sie für mehrere Tage im Voraus mietet. Und dann wird das Wetter schlechter, und man muss dennoch zahlen. Norderney war teuer genug, da brauchte es keinen Strandkorb. Schulzes hätten schon seit Jahren einen, sagte Heidi. Schulzes hatten einen Bauernhof geerbt. Wenn ihnen das Geld ausging, brauchten sie nur ein Baugrundstück verscherbeln. Wie Heidi uns nur mit Schulzes vergleichen konnte!

Als wir mit dem Legen von »Frankenstolz« fertig waren, setzten wir uns zu unseren Frauen in die Burg und nahmen ein zweites Frühstück ein. Es gab geschmierte Butterbrote, Heidi schenkte den Kaffee aus der Thermoskanne ein, und Doris pellte uns hartgekochte Eier. Selbst an den Salzstreuer hatte sie gedacht. Sie war wirklich eine gute Seele.

Es hätte ein richtig idyllischer Tag werden können, wenn mich Rüdiger mit seiner nervösen Art nicht genervt hätte. Er bewegte sich wie auf rohen Eiern, vermied peinlichst, einen Schritt in die Mitte unserer Sandburg zu setzen. Wenn er aufstand, so drückte er sich mit äußerster Vorsicht mit den Händen ab. Ständig bemühte er sich, nur die äußerste Peripherie der Burg zu betreten, und machte dabei Schritte wie ein Storch, so dass Doris zu lachen begann und ihn fragte, ob ihm etwas wehtäte. Diese unschuldige Bemerkung aber brachte ihn erst recht aus der Fassung, und er fing zu stottern an, wie ein kleiner Schuljunge. Nein, Nerven hatte er keine. Als wir uns in Indonesien aufgehalten hatten, um dort eine Überlandleitung zu einem gottverlassenen Dorf zu bauen, und ein naher Berg zu rauchen begonnen hatte, wollte er nur noch heim, während ich hoffte, endlich einmal Zeuge eines Vulkanausbruches zu werden.

Trotz dieser Mentalitätsunterschiede habe ich mich nie nach einem anderen Partner gesehnt. Rüdigers Stärke war seine absolute Gewissenhaftigkeit. Immer hatte ich ihn das Projektbuch führen lassen. Selbst in den letzten Wüstenkäffern, im Schein einer funzeligen Petroleumlampe, hatte er es mit einer Sauberkeit beschrieben, wie kaum ein Lateinlehrer sein Klassenbuch. Und wehe, er fand eine überzählige Schraube, wenn die einheimischen Arbeiter die Fertigstellung eines Masts meldeten. Dann ging er persönlich auf Inspektionstour und ruhte nicht eher, bis er das übersehene Schraubenloch gefunden hatte. Auch wenn mich seine hyperpenible Art gelegentlich aufregte, bin ich doch immer sehr gut damit gefahren.

Wir hätten durchaus noch ein paar Jährchen weitergemacht, wenn nicht mit dem Führungswechsel bei unserem großen Elektroladen die Umstrukturierung gekommen wäre. An vielen Kleinigkeiten spürten wir unangenehm den neuen Wind. Vorher hatten wir unsere Reisen unkompliziert planen lassen, hatte man uns großzügig einen teureren Flug gegönnt, wenn er schneller und direkter war. Nun sollten wir plötzlich in irgendwelche Billigflieger steigen und fünfmal umsteigen. Und jeden kleinen Kassenbon sollten wir sammeln, Spesenpauschalen gab es keine mehr. Ging man so mit verdienten Mitarbeitern um, mit Menschen, die sich mehr als einmal den Arsch für die Firma aufgerissen hatten? Der Gipfel aber war Krause, jener junge Schnösel, den sie uns vor die Nase gesetzt hatten. Einen Kaufmann! Uns Ingenieuren einen Kaufmann. Der von Tuten und Blasen keine Ahnung hatte. Nein, dann lieber Vorruhestand. Nie hab ich das bereut, niemals. Uns ging's doch gut jetzt, supergut. Während sich die Kollegen weiter herumärgern mussten, lagen wir hier bequem in der Sonne und aßen gekochte Eier. Ich lehnte mich zurück und klopfte mit den Händen den Sand noch fester. Und unserem Segelboot waren wir auch näher gekommen! Bei aller Bescheidenheit: Mein neuer Plan war genial!

Den ganzen Tag über blieben Rüdiger und ich in der Burg sitzen. Doris und Heidi schüttelten den Kopf über uns. Wir seien so träge geworden, ja so was von träge! Nicht mal zu einer Partie Boccia könnten sie uns bewegen. Wenn die beiden gewusst hätten, was wir allein gestern Nacht geleistet hatten.

»Dann also nicht«, sagte Heidi und half Doris, die Schwimmhilfen aufzublasen. Rüdiger wurde ganz blass als er sah, wie die orangenen Dinger an Doris' kräftigen Oberarmen anschwollen. Sofort begann er, in seinem Badebeutel zu fingern, und nahm einen Hub aus seiner Spraydose. Wahrscheinlich war das Asthma genauso eingebildet, wie all seine anderen Wehwehchen.

Als die beiden Frauen zum Wasser losmarschierten, weihte ich Rüdiger in meine neuen Pläne ein. Seine Reaktion war zu befürchten gewesen. Nie im Leben würde er dabei mitmachen, zischte er mir zu, ich sei komplett verrückt geworden! Ich blieb ganz ruhig. Das hatte er mir schon in Mexiko gesagt, damals Ende der Neunziger, als ich ihn gebeten hatte, die Fundamente für die Strommasten ein klitzekleines bisschen schmaler ausfallen zu lassen. Der gelieferte Beton hätte sonst nie und nimmer für die ganze Trasse gereicht. »Was willst du mit solchen Mordsfundamenten, wenn wir drei Kilometer vor Piedras Negras in der Wüste aufgeben müssen?«, hatte ich ihm gesagt. Es sei doch bei solchen Fundamenten immer ein Sicherheitsspielraum einberechnet, den könne man in einer solchen Notsituation ruhig einmal nutzen. Die Zeitvorgaben waren unbedingt einzuhalten, sonst gab's empfindliche Vertragsstrafen. Schließlich waren wir es gewesen, die die Betonmenge falsch berechnet hatten. Ich hatte mit Engelszungen auf Rüdiger einreden müssen, bis er widerwillig nachgab. So war Rüdiger, die Korrektheit in Person. Die DIN-Norm war sein Heiligtum. Was ihm fehlte, war ein gewisses Maß an Flexibilität. Nur damit hatte bereits der Höhlenmensch in einer unwirtlichen Umgebung überleben können.

»Versteh doch«, sagte ich zu ihm, »wir können Bin Laden nicht einfach so hier liegen lassen. Denk an die Kleine eben mit ihrem Sandschäufelchen! Man wird ihn entdecken, und wir gehen leer aus.«

»Und wenn wir schnell das Foto schießen und an die Bild schicken?«, fragte Rüdiger.

»Die zahlen uns doch höchstens fünftausend«, erwiderte ich eindringlich. »Wenn überhaupt. Nein, wir machen es so, wie ich gesagt habe. Du wirst sehen, es ist die beste Lösung!«

Als der letzte Badegast den Strand verlassen hatte, saßen Rüdiger und ich noch immer in unserer Burg.

Heidi und Doris hatten uns Unverstand vorgeworfen, so spät noch draußen zu bleiben, wir würden uns nur schrecklich erkälten. Als sie weg waren, hatte ich Rüdiger angeboten, das Auto vom Parkplatz am Hafen zu holen, aber er hatte gemeint, niemals würde er hier allein auf der Leiche sitzen bleiben. Er brauchte über eine Stunde, dann kam er zurück. Dummerweise vergnügte sich noch ein Pärchen damit, ein Stöckchen wieder und wieder in die Wellen zu werfen und es von ihrem Hund apportieren zu lassen. Endlich aber verließen auch sie den Strand. Nun musste alles schnell gehen. Wir gruben den Toten aus und wickelten ihn in Doris' geblümtes Badehandtuch. Dann hoben wir ihn an und legten ihn vorsichtig auf den Bollerwagen, mit dem wir zum Strandparkplatz aufbrachen. Etwas mühsam war es, den Toten in die Dachgepäckbox zu bugsieren, bis sich die Klappe schließen ließ. Mit doppelt abgeschlossenem Dachsarg fuhren wir durch die Dünenlandschaft zurück zum großen Touristenparkplatz am Hafen. Dort war das Auto für die Nacht gut aufgehoben. Gleich morgen in der Früh sollte unsere Fähre gehen.

Heidi und Doris saßen noch vor dem Fernseher, als wir kamen. Wir holten die letzten Flaschen Bier aus dem Kühlschrank und setzten uns dazu. Über den Bildschirm flimmerte gerade das Heute-Journal. Top-Nachricht war immer noch die Militäraktion in Pakistan. Man sah merkwürdige Computerfiguren das Haus des Terroristenführers erstürmen, immer wieder blitzte etwas auf, was wohl Schüsse sein sollten.

»Gut, dass sie den Kerl erwischt haben«, sagte Heidi. Doris aber war anderer Ansicht. Nichts würde dadurch besser, wir würden schon sehen. Es sei wie bei dieser Hydra, schlage man ihr einen Kopf ab, wüchsen zwei neue nach. Ich widersprach. Hätte man Hitler rechtzeitig beseitigt, wäre der Nationalsozialismus zusammengebrochen. Manchmal hängt halt alles an einem Mann.

Doris ging in die kleine Küche und kam mit Fischbrötchen zurück. Rüdiger hatte keinen Hunger, ich aber griff gerne zu. Wo schmecken die Matjes besser als an der Nordsee? Der Wetterbericht kündigte für morgen Schauerwetter an, was ich mit Befriedigung zur Kenntnis nahm. Das Salzwasser schien den Leichnam zwar konserviert zu haben, aber immerhin waren nun doch schon fünf Tage vergangen.

Als Heidi den Fernseher ausschaltete und das Scrabble-Spiel aufbaute, protestierten wir Herren müde, aber Heidi ließ keinen Einwand gelten. In diesem Punkt war sie unerbittlich. Scrabble gehörte zu unserem Abendritual, bei keinem Urlaub durfte es fehlen. Wir spielten immer zwei gegen zwei, auch auf unserem Campingtisch am kleinen Brombachsee. Die eine Mannschaft bestand aus Doris und Rüdiger, die andere, das waren Heidi und ich, also Ehepaar gegen Ehepaar. Mehr Ärger allerdings gab es meist innerhalb der Teams als mit den Gegnern. Es war nämlich streng verboten, seinem Partner zu helfen, und es gibt keine größere Qual, als eine perfekte Möglichkeit zu erkennen und sie nicht ausführen zu dürfen. Probleme gab es häufig auch mit Rüdiger. Der alte Pedant ließ nichts gelten, was nicht im neuesten Duden stand. Jüngst wollte er meine »Amphetamine« nicht durchgehen lassen, weil man die heute nun mal mit »f« schreibe. Ein »f« aber hatte ich nicht, worauf wir uns heftig stritten. Meist hatten wir aber durchaus unseren Spaß dabei, heute jedoch hätte ich liebend gerne auf das Spiel verzichtet. Noch dazu war die Stimmung gereizt. Heidi trat mir heftig auf den Fuß, als ich zerstreut das Wort »Prothese« legte. Als hätte ich Doris' künstliche Gelenke damit gemeint!

3

Als die Fähre ablegte, begaben sich Heidi und Doris an Deck. Beim Frühstück hatten wir uns noch von unseren Frauen das Versprechen abringen lassen, im nächsten Jahr wiederzukommen. Ich hatte an das hübsche Sümmchen gedacht, das uns in Bälde erwartete, und spontan zugesagt, worauf mir Heidi einen Kuss gab. Wie würde sie sich wundern, wenn wir im nächsten Jahr noch zwei Strandkörbe dazumieten würden. Oder doch besser nur einen, man sollte ja nicht übertreiben. Dann hatten unsere Frauen die Wohnung noch geputzt, ach was geputzt, akribisch gesäubert, was Rüdiger und ich völlig unsinnig fanden, weil wir die Endreinigung sowieso zahlen mussten. Nein, das ginge nicht, wie denn das aussehe, erwiderten Doris und Heidi unisono. Sie schämten sich tatsächlich, einer Putzfrau Dreck zu hinterlassen! Frauen ticken wirklich manchmal seltsam.

Seufzend standen die beiden nun an der Reling und sahen die Insel entschwinden. Rüdiger hingegen musste ständig zu unserem Auto hinüberblicken, bis ich ihm in die Rippen stieß. Wer sollte denn auf die Idee kommen, sich an unserem Dachsarg zu vergreifen? Beim Gepäckeinladen hatte Heidi misstrauisch gefragt, warum wir denn alles in den Kofferraum stopfen würden, wo wir doch die Box hätten. Ich hatte was von idealem Schwerpunkt und besserer Straßenlage gemurmelt, worauf sie ohne weitere Nachfragen eingestiegen war. Alles war also geregelt.

»Es ist unanständig, einen Toten im Dachsarg zu transportieren«, flüsterte mir Rüdiger zu.

»Unanständig? Mein Gott, Rüdiger, jetzt mach mal 'nen Punkt«, erwiderte ich. »Wäre es richtig gewesen, ihn da draußen auf der Sandbank verfaulen zu lassen? Überleg doch mal, wenn ihn dort eine unschuldige Schulklasse gefunden hätte, was dann?«

Wir erwischten den vollen Wochenendverkehr. Zudem überall Baustellen. Auf Rüdigers Anraten hatten wir nicht die Sauerlandlinie genommen, sondern die Kasseler Autobahn. Kurz hinter Fulda standen wir in einem Mordsstau, und die Sonne knallte auf uns nieder, als wollte sie uns wie Spiegeleier braten. Per Stop-and-Go ging es nur mühsam voran, und das alles in der Mittagshitze. Schließlich kam der Verkehr völlig zum Erliegen. Weil ich den Motor ausschaltete, funktionierte auch die Klimaanlage nicht mehr. Die Frauen protestierten, und so stiegen wir alle aus. Sogleich stieg er mir in die Nase, jener verdächtige süßlich-modernde Geruch. Rüdiger sah mich erschrocken an. Wie konnte das sein, wo doch der Dachsarg dicht verschlossen war? Ich zog unsere Damen schnell weiter Richtung Standstreifen, wo Bäume Schatten spendeten. Das fehlte noch, dass sie merkten, woher der Geruch kam!

Hoffentlich ging es bald weiter. Der Kerl aus dem Wagen hinter uns, der gleichfalls ausgestiegen war, verzog schon angewidert das Gesicht. Zum Glück fuhr die Schlange endlich wieder an, und wir stiegen schnell ein. An der nächsten Raststätte fuhr ich raus: »Kaffeepause!« Als die anderen an der Speisetheke Kuchen auf ihre Tabletts luden, flüsterte ich Rüdiger zu, ich käme gleich zurück und ging schnell hinüber zur Tankkasse. Die Gefriertruhe mit dem Speiseeis war schon ziemlich geplündert, es gab nur noch Erdbeereis, davon aber zum Glück noch jede Menge. »Nur nicht kleckern«, dachte ich und warf alles, was da war, neben die Kasse. Die Verkäuferin sah mich verwundert an und gab mir freundlicherweise eine Handvoll Plastikbeutel. Mit den prall gefüllten Tüten lief ich zum Auto hinüber. Der Schwall, der mir entgegenströmte, als ich den Deckel des Dachsargs öffnete, war kaum zu beschreiben. Mit weggedrehtem Gesicht stopfte ich die Eisbeutel hinein.

»Wohl ein paar Souvenirs mitgebracht?«, hörte ich plötzlich eine Stimme, »das stinkt ja wie die Pest!«

Hinter dem Nachbarauto, einem bunt bemalten VW-Bus, war ein älteres Hippie-Pärchen hervorgetreten.

»Was zum Teufel haben Sie denn da geladen? Lassen Sie mich raten, Seesterne, stimmt's?«, sagte der Typ lachend zu mir.

Ich nickte angespannt: »Seesterne, na klar, Sie wissen schon, für die Kleinen daheim ...«

Bei Würzburg war es, als kleine, rote Rinnsale begannen, die Heckscheibe hinunterzurinnen. Das Erdbeereis! Zum Glück machten Heidi und Doris ein Nachmittagsschläfchen. Mit Hilfe des Sprühwassers und des Heckscheibenwischers versuchte ich, die klebrige Masse so unauffällig wie möglich zu entfernen, ständig aber suppte neues Eis nach. Einer der Plastikbeutel musste undicht sein, gut dass es nur noch ein knappes Stündchen bis nach Erlangen war. Hoffentlich bekam Rüdiger nichts mit, so viel Asthmaspray konnte er gar nicht dabei haben! Aber auch er schien eingenickt zu sein und bemerkte nichts. Nach ein paar Kilometern suppte nichts mehr nach, und ein gnädiger Regenschauer beseitigte weitere Spuren.

Endlich tauchte die Ausfahrt Erlangen-West auf, und fünf Minuten später waren wir an unserem Doppelhaus angelangt. Rüdiger erwies sich unerwartet als geschickter Kavalier. »Geht doch schon mal rein«, sagte er, als wir in die Einfahrt rollten, »das Gepäck tragen wir Männer. Ist doch Ehrensache!«

Tante Trude war die letzte lebende Verwandte von Heidi. Tante Trude war dement und zwar kräftig. Unter allen Menschen erkannte sie nur noch Heidi einigermaßen zuverlässig wieder, denn Heidi kümmerte sich rührend um sie. Jeden Tag ging sie zu Tante Trudes Häuschen im Meisenweg hinüber und sah nach dem Rechten. Tante Trude weigerte sich, in ein Heim zu ziehen. Und Heidi sagte, das könne sie verstehen, im Heim würde alles noch viel schlimmer werden, das habe sie in der Apothekenzeitschrift gelesen. Tante Trude habe schon immer in diesem Häuschen gewohnt, nur dort finde sie sich noch zurecht. Manchmal riefen trotzdem Nachbarn spät abends bei uns an, Tante Trude sitze seit Stunden auf einer Bank am Kanal oder marschiere in Richtung der Dechsendorfer Wälder. Dann lief Heidi los und brachte sie nach Hause.

Tante Trude hatte Haus und Garten ihr Leben lang sorgfältig gepflegt, nun aber war alles verwildert. Ihr ganzer Stolz war ihr Bauerngärtchen gewesen. Auch uns hatte sie über Jahre mit selbstgezogenem Gemüse versorgt. Tomaten, Erbsen, Bohnen, Zucchini und tausend andere Sachen. Was sie nicht frisch hatte verarbeiten können, das hatte Tante Trude eingefroren, wozu sie sich vor Urzeiten eine riesige Kühltruhe zugelegt hatte. Die Kühltruhe stand immer noch im Keller, auch wenn Tante Trude sie längst nicht mehr benutzte. In die Kühltruhe passte die Leiche perfekt hinein. Das geblümte Badetuch von Doris wollte ich ihr lassen, aber Rüdiger meinte, Doris würde ihn umbringen, wenn er ihr den Verlust erklären müsste. Als ich den Stecker einsteckte, fing die Truhe an zu brummen wie ein alter Ozeandampfer. Zum Glück funktionierte sie noch. Rüdiger jedoch schien weniger erfreut und blickte ängstlich zur Treppe.

»Keine Angst«, sagte ich zu ihm, »Tante Trudes Gehör ist so schlecht wie ihr Gedächtnis!«

Wenn wir von einer Reise zurückkamen, ließ ich Heidi am besten allein. Es machte mich völlig nervös, wie sie dann zu wirbeln begann. Dabei hatten wir den Haushalt perfekt verlassen. Was gab es denn da schon wieder zu putzen? Diesmal aber war ich froh, mich unauffällig verdrücken zu können. Schließlich hatten wir jetzt 'ne Menge zu besprechen. Am liebsten wäre ich unten am kleinen Brombachsee gewesen, in dieser wunderbaren Oase konnte ich am besten nachdenken. Aber der kleine Brombachsee war erst in vierzehn Tagen eingeplant, so ging ich mit Rüdiger hinüber zum Kanal.

Doris und Rüdiger bewohnen die andere Doppelhaushälfte, was reiner Zufall ist und auch wieder nicht. Viele aus dem großen Elektroladen hatten sich hier ihre Häuschen gebaut. Früher hatte man gar von der »Familie« gesprochen. Alte Oberingenieure trafen sich noch Jahre nach ihrer Pensionierung täglich in der zentralen Siemenskantine zum Mittagessen. Diese Zeiten waren längst vorbei. Die »Familie« war nun nichts weiter als ein x-beliebiges DAX-Unternehmen. Hatte man Kinder, mussten diese heutzutage die gleiche Aufnahmeprozedur durchlaufen, wie die Kinder von Betriebsfremden. Weder uns, noch Doris und Rüdiger aber kümmerte das, denn wir hatten alle keinen Nachwuchs.

Es hat eine Zeit gegeben, in der unsere Frauen darunter gelitten hatten, längst aber war der Schmerz verblasst und nur noch in seltenen Momenten gab es einen stillen Seufzer.

Mal ehrlich, was fehlte uns denn auch? Wenn ich an all die Geschichten denke, die man so hört, Geschichten von zerstrittenen und verfeindeten Generationen, von Jugendlichen, die ihren Eltern das Leben zur Hölle machten, das ganze Leid, die ganzen zerplatzten Hoffnungen. Was sollte das alles? Musste man sich das freiwillig antun? Ohne Kinder hatte man doch ganz andere Freiheiten, konnte das Leben ganz anders genießen. Diese Hybris, sich unbedingt vermehren zu wollen. Als wäre das eigene Erbgut unersetzlich!

Wir setzten uns auf eine der zahlreichen leeren Bänke. Hier waren wir ganz für uns. Der Main-Donau-Kanal war ein stilles Gewässer, schnurgerade zog er sich von Bamberg bis Nürnberg, um später ins Altmühltal abzuschwenken.

»Und jetzt?«, fragte mich Rüdiger. Er wirkte immer noch ziemlich erschöpft.

»Was glaubst du, wer zahlt am besten?«, fragte ich zurück.

»Keine Ahnung«, sagte Rüdiger, »vielleicht die Amerikaner?«

»Ich kenn noch jemand Besseren.«

»Wen denn?«

»Al-Qaida!«

Rüdiger sah mich an, als sei ich der Beelzebub persönlich. Wie ich allen Ernstes auf die Idee kommen könne, mit dieser Mörderbande Geschäfte zu machen? Wie ich auch nur einen Gedanken daran verschwenden könne, mich mit Terroristen gemein zu machen? Ob ich denn den 11. September schon vergessen hätte, die Anschläge von London und Madrid? Nun sei ich vollkommen übergeschnappt!

»Langsam, langsam!«, versuchte ich, ihn zu beruhigen, »was heißt denn schon, Geschäfte machen? Wir schwächen die Terroristen doch sogar, indem wir sie um ein Milliönchen erleichtern.«

Doch Rüdiger wollte sich nicht überzeugen lassen. Ja, er schlug ernsthaft vor, die ganze Aktion abzublasen.

»Und Bin Laden?«, fragte ich ihn.

»Verscharren wir im Dechsendorfer Wald!«, rief Rüdiger.

Wie gesagt, Rüdiger hat keine Nerven. Wahrscheinlich erschien es ihm nur unheimlich, mit Terroristen in Verhandlungen treten zu müssen. Dabei hatten wir auf unseren Auslandseinsätzen doch genügend Erfahrungen mit Ganoven sammeln können. Wenn ich da nur an unser kleines Köfferchen mit den Bestechungsgeldern dachte ... Anders als mit Bakschisch kannst du in vielen Ländern keine Geschäfte machen. Da hält jeder Provinzfürst, ja, jeder popelige Postvorsteher die Hand auf. Ein wichtiges Ersatzteil? Könnte schon morgen da sein, könnte aber auch vierzehn Tage dauern! Was machst du in einer solchen Situation? Du zahlst natürlich! Solche Sachen hatte Rüdiger liebend gerne mir überlassen, davon wollte er am liebsten überhaupt nichts wissen. Wenn aber sein sehnlichst erwarteter Spezialbetonmischer pünktlich eintraf, dann strahlte er wie ein Honigkuchenpferd. Ich war es gewohnt, mir die Hände schmutzig zu machen. Irgendjemand musste schließlich an das große Ganze denken.

»Überleg doch mal«, sagte ich zu Rüdiger, »willst du wirklich unsere Freunde, die Amerikaner, um das Sümmchen erleichtern? Und außerdem: Auch ein Schurke wie Bin Laden hat das Recht, von seiner eigenen Familie begraben zu werden.«

Eine Million. Euro, natürlich. Das war unsere Forderung. Und herunterhandeln würden wir uns nicht lassen. Klar, ein Segelboot war billiger, aber man musste ja auch die Folgekosten bedenken, die Miete für den Liegeplatz, Wartungsarbeiten, Reparaturen ... Und die Jacketkronen für Heidi. Und die neue Waschmaschine. Und die Bewässerungsanlage für unsere Gärten. Und die Strandkorbmieten auf Norderney. Ja, auch unsere Frauen sollten was davon haben. Außerdem hatten wir einen ziemlichen Aufwand betreiben müssen, den Toten zu überführen. Dafür konnte man schon eine Gegenleistung erwarten.

Das Problem war nur, wie kamen wir an einen Ansprechpartner heran? Man kann ja nicht einfach im

Telefonbuch blättern, die Nummer von al-Qaida raussuchen und dort anrufen. Was wir aber wussten, war, dass Bin Laden aus einer reichen Saudi-Familie stammte. Sein Vater hatte mit einem Bauunternehmen sein Geld gemacht, hatte die großen Moscheen in Mekka und Medina energetisch saniert. Wahrscheinlich würde es das Beste sein, mit der Familie selbst in Kontakt zu treten. Wofür gab es das Internet? Wir mussten auch nicht lange suchen, dann fanden wir einen Onkel Bin Ladens mitsamt seiner E-Mail-Adresse in Saudi-Arabien.

Der Onkel war von der schnellen Truppe. Die Antwort hatten wir zwei Stunden später. Auch er verlangte ein Foto.

Heidi wunderte sich, dass ich sie begleiten wollte. Sonst ging ich nur gezwungenermaßen zu Tante Trude, etwa, um eine Glühbirne auszutauschen oder wenn die Dachrinne verstopft war. Oder wenn der Fernseher spann. Vor dem Fernseher saß Tante Trude nämlich immer noch liebend gerne, auch wenn anzunehmen war, dass sie selbst die Sendung mit der Maus kaum mehr verstand. Ich erklärte, mir nochmal den Brenner im Keller ansehen zu wollen, worauf mich Heidi gerührt anschaute und mir ein dankbares Lächeln schenkte. Zum Glück fragte sie mich nicht, wozu ich dafür die Kamera brauchte.

Es war schon dunkel, als wir am Häuschen von Tante Trude ankamen. Heidi machte ihr den Abendtee und schmierte ihr zwei Butterbrote. Tante Trude habe schon wieder abgenommen, stellte Heidi seufzend fest.

Ich nutzte die erste beste Gelegenheit und verschwand kurz im Keller. Die Kühltruhe brummte noch beruhigend, wenngleich nicht mehr so laut wie gestern. Zum Glück hatten wir den Toten so in die Kühltruhe gelegt, dass man sein Gesicht erkennen konnte. Sonst wäre die Sache mit dem Foto schwierig geworden, so festgefroren, wie Bin Laden jetzt war. Kleine Kristalle hatten sich auf seinen Bart gesetzt und glitzerten geheimnisvoll. Das Foto war schnell gemacht. Nachdem ich die Aufnahme auf dem Display kontrolliert hatte, setzte ich mich zu den Damen nach oben.

Tante Trude sah mich erstaunt, aber nicht unfreundlich an. Heidi stellte mich kurz vor, und Tante Trude machte ihr ein hübsches Kompliment, was für einen netten Mann sie da doch mitgebracht habe. Solche netten Männer gebe es ja heutzutage nur noch selten. Wenn sie da an ihren seligen Wilhelm denke ... Bei diesen Worten kamen ihr die Tränen, und Heidi tätschelte ihr tröstend die Hand. Das Tragische war, dass es niemals einen Wilhelm gegeben hatte. Auch keinen Franz, Fritz oder Hans. Tante Trude war unverheiratet geblieben. Heidi tat dennoch so, als hätte Wilhelm gelebt. Hatte sie Tante Trude in den ersten Jahren ihrer Demenz immer noch sanft getadelt, wenn sie Fantasiegeschichten zu erzählen begann, so hatte Heidi mit der Zeit resigniert und begab sich nun ganz in die Welt ihrer Tante hinein. »Ja, der gute Willi«, pflegte Heidi zu sagen, »er ist wirklich ein guter Mann gewesen!«, worauf Tante Trude nickte und die Augen mit der Kuchenserviette trocknete.

»Alles in Ordnung mit dem Brenner?«, fragte mich Heidi, als wir den Weg nach Hause einschlugen.

»Alles in Ordnung!«, erwiderte ich.

Daheim setzte ich mich sogleich an den Computer, stöpselte das USB-Kabel der Kamera in die Buchse und schickte einen Kurzbrief mit dem Foto als Anhang durch den Äther. Es dauerte ein Weilchen, bis die Sanduhr aufhörte, sich zu drehen, und mir der PC versicherte, meine E-Mail sei erfolgreich verschickt. Gespannt blieb ich auf bis tief in die Nacht, aber der Scheich war wohl schon zu Bett gegangen. Kein Wunder, man musste ja die Zeitverschiebung bedenken.

4

Am nächsten Morgen eilte ich als Erstes gleich wieder in mein Arbeitszimmer und schaltete den Computer an. Immer noch nichts! Nur Spams fanden sich in meinem virtuellen Briefkasten. Hatte der Onkel das Foto nicht bekommen? Warum antwortete er nicht? Ich tippte eine Kurznachricht in die Tasten und bat um eine Empfangsbestätigung. Wahrscheinlich hatte er erst den Familienrat einberufen müssen. An unserer Geldforderung konnte es doch nicht liegen. Was ist für einen Scheich schon ein schlappes Milliönchen?

Zum Mittagessen waren wir bei Doris eingeladen. Es duftete wunderbar. Schäufala mit Kloß und Kraut. Mein Leibgericht! Wie hatte ich es auf Norderney vermisst. Ich machte Doris ein großes Kompliment, und hungrig setzten wir uns nieder. Nur Heidi fehlte. Wo steckte sie nur? Sie war doch sonst immer pünktlich. »Nochmal kurz zu Tante Trude«, hatte sie gesagt. Von dort hätte sie längst zurück sein müssen!

»Das Schäufala darf man nicht kalt werden lassen«, sagte Doris, und so griffen wir zu.

Rüdiger sah mich aus den Augenwinkeln an. Ständig dieses nervöse Flackern in seinem Blick. Der alte Angsthase! Heidi würde schon kommen, wahrscheinlich hatte Tante Trude wieder versucht, ihre Wohnzimmerblumen zu gießen, und alles stand unter Wasser.

Das Beste am Schäufala ist die Haut, knusprig braun muss sie sein, so dass sie zwischen den Zähnen knackt. Ein Genuss! Dazu ein gutes Erlanger Bier. In Franken sind viele Brauereien noch Familienunternehmen, das schmeckt man. Ach, wo lebt sich's besser als in Franken! Doris legte nach. Auch die Soße war einfach unschlagbar. Und die handgemachten Kartoffelklöße mit den »Breggela«, den gerösteten Brotwürfeln darin. Als ich beim dritten Kloß angelangt war, kam Heidi durch die Gartentür gebogen. Sie schüttelte den Kopf und entschuldigte sich gleich mehrfach für die Verspätung, aber Tante Trude gehe es gar nicht gut.

»Stellt euch vor, sie behauptet ernsthaft, Willi sei wieder bei ihr eingezogen. Und als ich sie fragte, wo er denn sei, hat sie erst nur geheimnisvoll gelächelt und schließlich gesagt, in ihrer Kühltruhe natürlich!«

Auf dem Kanal fuhr kein einziges Schiff. Nur zwei Burschen in einem kleinen Ruderboot waren zu sehen, die sich bemühten, den Geradeauslauf zu halten. Ärgerlich flog eine Entenfamilie auf und begab sich ans schützende Ufer. Eine friedliche Gegend, so sanft und unaufgeregt wie der Dialekt der Menschen hier. Nur einmal hatte es Aufregung gegeben. Vor zwei Jahren war das, als Spaziergänger Autospuren an der Kanalböschung entdeckten, die direkt ins Wasser führten. Die herbeigerufene Feuerwehr setzte Taucher ein, die aber kein Auto auf dem Kanalgrund fanden. Richtig mysteriös aber wurde die Geschichte, als man genau gegenüber auf der anderen Kanalseite die gleichen Spuren fand. Erst Tage später löste sich das Rätsel. Der Bürger einer Nachbargemeinde hatte sich aus Amerika ein Schwimmauto besorgt und es am Kanal getestet.

Rüdiger rieb sich ständig die schwitzenden Hände. Er verspüre einen Druck im Halsbereich, sagte er mit belegter Stimme, bestimmt habe er was an der Schilddrüse, vielleicht sogar einen Tumor. Gleich morgen wolle er zu Doktor Kaltenbrunner.

Solche Reaktionen kannte ich von ihm und ich ging nicht weiter darauf ein. Stattdessen versuchte ich, ihm vorsichtig beizubringen, dass es besser sei, Heidi einzuweihen. Zwar hatte Doris mit ihrem schallenden Lachen die Situation gerettet, und dankbar war ich in dieses Lachen eingefallen. Jedoch war es nicht auszuschließen, dass Heidi einen Blick in die alte Kühltruhe werfen würde. Besser, wir würden es ihr schonend beichten. Rüdiger aber war strikt gegen diesen Plan. Wenn es Heidi wüsste, dann wüsste es auch Doris. Und wenn es Doris wüsste, dann garantiere er für nichts. Seit ihren Gelenkoperationen sei Doris nicht mehr belastbar. Immer noch belastbarer als du, dachte ich, hütete mich aber, es auszusprechen.

»Der Scheich wird bestimmt bald reagieren, und wir haben die Sache hinter uns«, meinte Rüdiger, während er seinen Hals betastete.

»Hoffen wir's«, sagte ich und warf einen flachen Stein über das Wasser. Er sprang dreimal auf, eh er versank.

Bevor wir nach Hause gingen, machten wir noch einen Schlenker, gingen um das Schulzentrum West herum und schauten bei Tante Trude vorbei. Sie war im Garten und pflückte wilde Blumen von der Wiese, aus denen sie sich einen Haarkranz flocht. Sie trug ein weißes Kleid, und auf ihrem Gesicht lag ein verzücktes Lächeln. Erfreut grüßte sie uns über den Gartenzaun. Rüdiger hatte die Aufgabe, sie in ein Gespräch zu verwickeln, was ihm erstaunlicherweise auch gelang. Ich schlich mich unterdessen von hinten durch die Terrassentür ins Wohnzimmer, in dem der Fernseher lief. Dann eilte ich hinunter in den Keller und untersuchte die Tür zum Vorratsraum, in dem die Truhe brummte. Ich hatte Glück. Der Schlüssel steckte noch. Rasch wollte ich abschließen und wieder hinaufeilen, als mich, warum auch immer, ein plötzlicher Impuls überkam, noch einen raschen Blick in die Kühltruhe zu werfen. Als ich den Deckel öffnete, zuckte ich zusammen. Auch Bin Laden trug einen Blumenkranz!

Ich klopfte dreimal energisch gegen meine Hosentasche, als wir nach Hause gingen. »Hier steckt der Schlüssel, da kann nichts mehr passieren«, sagte ich.

»Und Tante Trude?«, fragte Rüdiger.

»Hat ihren Bräutigam in fünf Minuten wieder vergessen!«

Doris und Heidi saßen zusammen unter dem Plastikpavillon im Garten und lösten die Sudokus, die von Norderney noch übrig geblieben waren. Heidi die mittelschweren, Doris die leichten. Rüdiger ging mit hinauf in mein Arbeitszimmer, und ich warf den Computer an.

In meinem E-Mail-Fach leuchtete eine neue Nachricht: »re: Begräbnis«. Der saudische Onkel! Die Antwort war knapp: »Foto zu undeutlich. Erbitten eine Bartprobe zur genetischen Identifizierung.« Es folgte die Adresse eines Labors in Pakistan.

Ja, war der Kerl denn verrückt? Selbst wir hatten Bin Laden doch auf Anhieb identifiziert, jetzt erkannte ihn der eigene Onkel nicht? Gut, die Augen waren durch die Schüsse etwas aus den Höhlen getrieben worden, und auch die Eiskristalle waren ungewöhnlich, was aber doch nur konservatorisch bedingt war. Sollten wir ihn extra auftauen, um ein neues Foto zu schießen? Nein, und auch auf die Bartprobe wollten wir uns nicht einlassen! Allein die Zeit, die das kosten würde! Da konnte locker eine Woche vergehen. Nein, und nochmals nein, eine Woche konnten wir den Toten nicht bei Tante Trude lassen. Unmöglich!

Ich überlegte kurz und schrieb dann Folgendes zurück: »Es ist Ihr Neffe! Wenn Sie ihn nicht wollen, dann nehmen ihn die Amerikaner sicher gerne!« Und ab damit. Mal sehen, wie schnell der Scheich darauf reagieren würde.

Die Antwort ließ nicht lange auf sich warten. »Welche Form hat das Muttermal zwischen seinen Schulterblättern?«

Niemals! Niemals würde er da mitmachen. Mit verschränkten Armen ließ Rüdiger sich in meinen Relax-Sessel fallen. Wenn ich das von ihm verlangen würde, wäre er draußen. Dann wäre das Ganze nur noch meine Angelegenheit. Nachschauen würde ich schon selbst, beschwichtigte ich, er solle mir nur beim Drehen etwas zur Hand gehen. Er wisse doch, mein Tennisellenbogen.

Bei diesen harmlosen Worten ging Rüdiger an die Decke. »Beim Drehen zur Hand gehen?«, rief er entsetzt. Das wäre ja noch schlimmer. Nein, niemals würde er den Toten nur noch ein einziges Mal berühren. Ihn ekle es noch immer, wenn er sich daran erinnere, wie wir ihn von der Sandbank gezogen hätten. Nein, nun sei Schluss damit! »Wenn ihn der Scheich haben will, dann soll er vorbeikommen und ihn holen«, sagte Rüdiger trotzig. »Mich geht die Sache nichts mehr an.«

Meine alten Skihandschuhe fand ich in der hintersten Kiste. Große Skifahrer waren wir nie gewesen. Schon lange her, dass wir zuletzt auf den Brettern gestanden hatten. Doris war bei einer Fahrt mit dem Schlepplift am Ochsenkopf unglücklich hängengeblieben und hatte sich das Handgelenk verstaucht, seitdem wollte sie nicht mehr, und ohne Doris hatte auch Heidi keine Lust mehr. So ließen wir es halt bleiben. Ich war nicht unglücklich darüber, ständig nur Nebel und Schneetreiben und das ewige Warten an den Liften. Warum soll man sich das antun? Ein Winternachmittag auf dem nahen Erlanger Weihnachtsmarkt war doch viel schöner. Oder mit den Langlaufskiern nach Möhrendorf rüberzuschlurfen.

»Du brauchst wirklich nur kurz mit der Taschenlampe zu leuchten«, beteuerte ich nochmal, »alles andere mache ich.«

Wir taten unsere Utensilien in einen unauffälligen Stoffbeutel. Heidi wunderte sich, dass wir sie begleiten wollten. Noch dazu zu zweit.

»Wollen nur nochmal einen zweiten Blick auf die Heizungsanlage werfen«, sagte ich, »sicher ist sicher!«

»Ich dachte, es wäre alles in Ordnung«, wunderte Heidi sich.

»Nur 'ne kleine Nachjustierung«, erklärte ich, und Rüdiger nickte.

Heidi war gerührt von unserer plötzlichen Hilfsbereitschaft, und so zogen wir los. Es war Abend geworden, und über der Siedlung hing ein betäubend süßer Duft. Der Flieder stand in diesem ungewöhnlich warmen Frühling schon in Blüte, weit vor Muttertag, an dem er sonst zu erwachen pflegte. Die Kirschen waren bereits verblüht und auch die meisten Apfelbäume. Einige Nachbarn hatten sogar begonnen, ihren Rasen zu sprengen. Bald würden wir unsere Bewässerungsanlage haben, und damit nie wieder Ärger an trockenen Tagen. Es war aber auch verflixt! Wie oft hatten wir den schönsten Aufenthalt am kleinen Brombachsee unterbrechen müssen, nur weil es nicht regnen wollte und daheim alles verdorrte. Insgeheim liebäugelte ich zudem mit einem automatischen Rasenmäher, der sich selbst steuert. Eine raffinierte Sache. Solarbetrieben macht er sich auf den Weg und frisst alle Halme ab. So ein elektrisches Schaf aber war teuer, brauchte es doch elektrische Leitspuren, damit es sich nicht in den Büschen verlief. Auch dieses finanzielle Problem aber dürfte sich bald erledigt haben. Mit so einem Milliönchen lebte es sich doch wesentlich angenehmer!

Als wir zum Häuschen von Tante Trude kamen, brannte überall Licht, ganz klar, die Tante war zu Hause. Auf unser Schellen aber öffnete niemand.

»Vielleicht hat sie den Fernseher wieder so laut gestellt, dass sie nichts mitkriegt«, sagte ich.

Doch Heidi schüttelte den Kopf und lauschte. »Hört ihr nichts?«, fragte sie uns.

Wir lauschten in die Dunkelheit. Jetzt glaubten auch wir, etwas zu vernehmen. Es klang wie ein leises Wimmern.

»Tante Trude!«, rief Heidi und stürmte zum Haus, wir hinterher. Heidi fischte den Ersatzschlüssel hinter dem Geranientopf hervor und schloss die Haustür auf. Zusammengekauert im Flur hockte Tante Trude, die Haare wirr und aufgelöst. Sie schaute nicht auf und wirkte völlig abwesend. Neben ihr, am Boden, lag der Kranz mit den verwelkten Blumen.

»Was ist denn los, Tante Trude?«, fragte Heidi bekümmert und kauerte sich tröstend zu der Unglücklichen hinunter.

»Er will mich nicht mehr sehen«, sagte Tante Trude mit schluchzender Stimme, »er hat sich vor mir eingeschlossen!«

Heidi führte Tante Trude in ihr Schlafzimmer und half ihr, sich für die Nacht fertigzumachen. Ich ging in den Keller, Rüdiger hinter mir her. Leise schloss ich auf und öffnete die Tür zum Vorratskeller. Dann zog ich die Skihandschuhe über und machte mich an die Arbeit.

Die Prozedur erwies sich als unerwartet schwierig. Ein Arm hatte sich blöd verklemmt, und so tat ich mich schwer, den harten Körper nach vorne zu ziehen. Auch ließ sich das Hemd nicht hinunterziehen, so steif war es gefroren. Ich musste es mit Gewalt versuchen und spürte, wie mein Ellenbogen höllisch zu schmerzen begann. Mit einem hässlichen Geräusch brach der Leinenstoff schließlich entzwei.

»Leuchten!«, rief ich, während ich mich angestrengt bemühte, Bin Laden in der richtigen Position zu halten. Doch keine Taschenlampe flammte auf. Verflucht, was war los? Funktionierte die Batterie nicht? Zu Hause hatte sie es doch noch getan! »Mach schon, Rüdiger«, zischte ich.

Keine Antwort. Was sollte denn das nun wieder?

»Gib mir Licht«, rief ich und schaute mich mühsam um. Rüdiger war zusammengeklappt und ohnmächtig zu Boden gesunken. Na, bravo. Eine echte Hilfe war der Mensch. Mit dem Fuß gelang es mir, die Taschenlampe heranzuziehen und sie mit der rechten Hand aufzuheben. Gerade als ich sie aufflammen ließ aber, hörte ich Schritte die Kellertreppe hinunterkommen. Heidi!

»Ich weiß auch nicht, plötzlich ist ihm schlecht geworden!«, brachte ich atemlos hervor und beugte mich zu Rüdiger hinunter.

»Ich hol' einen kalten Waschlappen«, rief Heidi und lief die Treppe wieder hinauf. Einen kalten Waschlappen hätte auch ich gebrauchen können. Mensch, war das knapp gewesen! Gerade noch hatte ich Bin Laden loslassen können und den Deckel der Kühltruhe zugeworfen. Nicht auszudenken, was passiert wäre, wenn ich die Schritte nicht gehört hätte.

»Er hat schon den ganzen Tag über Schweißausbrüche geklagt«, sagte ich, als Heidi ihm den Waschlappen auf die Stirn drückte. »Er glaubt, er hat Schilddrüsenkrebs!«

Heidi seufzte und meinte, es sei wohl besser, einen Arzt zu rufen.

»Nicht nötig, morgen früh hat er doch einen Termin bei Doktor Kaltenbrunner.«

Das kalte Wasser begann zu wirken, und Rüdiger wurde wieder wach. Er blickte sich um, sah Heidi und dann mich, dann fiel sein Blick auf die Kühltruhe und er sank ein zweites Mal in Ohnmacht. Wir schleppten ihn mit vereinten Kräften nach oben und legten ihn auf Tante Trudes Canapé. Der verdammte Tennisellenbogen!

»Wir sollten doch einen Arzt rufen«, sagte Heidi, »das ist ihm ja noch nie passiert.«

»Noch nie? Hast du eine Ahnung«, log ich, »in Ägypten ist er mir gleich dreimal an einem Tag in Ohnmacht gefallen.«

Heidi kümmerte sich wirklich rührend um den Schwächling, legte ihm zwei Kissen unter die Füße und rieb seine Arme mit Franzbrantwein ein.

»Willi ist mir wieder gut«, ertönte hinter uns plötzlich eine Stimme. Tante Trude stand in ihrem Nachthemd in der Stube und lächelte uns mit glücklichem Gesicht an: »Er hat mich wieder eingelassen!«

In ihrer Hand hielt sie unsere Taschenlampe.

Todmüde und erschöpft war ich, als wir endlich wieder daheim waren, so müde und erschöpft, dass ich mir über den Kastenwagen keine Gedanken machte, der am Ende unserer Straße am Wendehammer parkte. Rüdiger hatte drei Gläser kaltes Wasser getrunken, wodurch sich sein Kreislauf wieder stabilisiert hatte. Die Tür zum Vorratsraum hatte ich aufstehen lassen, das war jetzt nicht so wichtig. Sollte Tante Trude nur ihren Spaß haben. Doris hatte Rüdiger in Empfang genommen, und

Heidi und ich setzten uns zum Abschluss des Tages noch vor die Glotze. Die Spätnachrichten brachten eine Zusammenfassung wichtiger Meldungen des Tages. Die Amerikaner hatten bei ihrer Militäraktion in Pakistan auch Videomaterial aus dem Haus Bin Ladens gesichert. Eine merkwürdige, geradezu surreale Szene zeigte den Terroristenführer, wie er auf dem Boden saß und sichtlich interessiert auf einen Fernseher starrte, auf dem zusammengeschnittene Ausschnitte von Nachrichtensendungen zu sehen waren, die wiederum ihn selber zeigten. Bin Laden schaut Bin Laden.

»Da siehst du's«, sagte ich zu Heidi, »mediengeil war der Kerl ohne Ende. Konnte sich an sich selbst nicht sattsehen, ein Narziss größten Kalibers.«

»Über Tote soll man nichts Schlechtes sagen«, tadelte Heidi mich.

»Mit dem Argument darf man auch über Hitler kein schlechtes Wort zulassen«, ärgerte ich mich.

»Die beiden kann man nun wirklich nicht vergleichen!«, protestierte Heidi.

Die Nachrichten waren zu Ende, der Wetterbericht versprach weiter ungewöhnlich warme Frühsommertage. Heidi verabschiedete sich und ging schlafen. Auch ich war hundemüde, schlurfte aber nochmals in mein Arbeitszimmer und warf den Computer an: »Das Muttermal hat die Form eines Adlers!«

5

Unser Frühstück ist ein tägliches, immer gleiches Ritual. Heidi löffelt als Erstes ihr Müsli, das sie über Nacht mit Milch hat aufquellen lassen. Ich trinke zwei Tassen Kaffee, die erste mit zwei Stückchen Zucker, die zweite mit nur einem Stück, wegen der Restsüße am Boden der ersten Tasse. Dazu esse ich eine Scheibe Brot. Auf die linke Hälfte kommt Doris' Erdbeermarmelade, auf die rechte Hälfte Streichhonig vom Discounter, den die Stiftung Warentest mit »gut« beurteilt hat. Heidi trägt stets ihren bonbonfarbenen Morgenmantel, ich bin immer in meinen alten Saunabademantel gewickelt, in dessen Tasche auch meine Frühstückslesebrille steckt. Während Heidi mit dem hinteren Teil der Erlanger Nachrichten beginnt, starte ich mit dem vorderen. In der Mitte wird getauscht. Heidi liest mir immer die Todesanzeigen vor, während ich sie über das Wetter informiere.

»Tante Trude macht mir Sorgen«, sagte Heidi, als sie mir den Wirtschaftsteil reichte.

»Mir schon lange«, brummte ich mit vollem Mund.

»Die Geschichte mit ihrem Liebhaber ist wirklich zu seltsam.«

»Du meinst Willi? Den hat sie doch morgen wieder vergessen«, erwiderte ich vielleicht eine Idee zu hastig.

»Ich weiß nicht.« Heidi goss mir meine zweite Tasse Kaffee ein. »Ich hab' das Gefühl, es wird immer schlimmer.«

Es klingelte. Doris stand vor der Tür. Ob einer von uns so lieb sei, Rüdiger zum Arzt zu fahren. Ans Steuer wolle sie ihn nach den Ohnmachtsanfällen von gestern nicht lassen, und sie selbst fühle sich noch nicht so sicher beim Umgang mit den Pedalen, wir wüssten schon. Rüdiger stand mit höchst unwilligem Gesicht hinter ihr, und es war ihm deutlich anzusehen, wie peinlich ihm die Sache war.

»Kein Thema«, sagte ich zu Doris und machte mich fertig.

Ich habe die Angewohnheit, beim Autofahren ständig den Rückspiegel zu kontrollieren. Seit mir so ein Idiot übel von hinten hineingerutscht ist, hasse ich es, wenn jemand zu dicht auffährt. Ohne diese Angewohnheit wäre mir der graue Kastenwagen wahrscheinlich nicht aufgefallen. Zwar hielt er einen deutlichen Abstand zu uns, seltsam aber war, dass er genau denselben Zickzack-Kurs durch unsere Siedlung nahm, die Praxis von Doktor Kaltenbrunner befand sich nämlich unten am Regnitzgrund, noch hinter der Heinrichs-Kirche. Als ich vor der Praxis parkte, hielt in weitem Abstand auch der Kastenwagen. Wir stiegen aus. Ein unbestimmtes Gefühl sagte mir, dass es besser war, nicht zu dem Wagen hinüberzuschauen, und auch Rüdiger nichts davon zu erzählen. Rüdiger war sowieso schon völlig am Ende und felsenfest davon überzeugt, dass der Doktor ihm nach der Untersuchung sein Todesurteil mitteilen würde.

Im Wartezimmer sprachen wir kein Wort miteinander, sondern blätterten zerstreut in den ausliegenden Illustrierten. Auf dem »Spiegel« prangte glutrot das Gesicht Bin Ladens vor den brennenden Türmen des World Trade Centers. Verstohlen drehte ich das Heft um und schob es unter den Stapel. Dann steckte schon die Helferin den Kopf zur Tür herein und bat Rüdiger mitzukommen. Er nickte mir nur kurz zu und sah aus, als würde er zum Schafott geführt. Ich trat ans Fenster und versuchte, die Straße hinunterzublicken, eine Tanne versperrte mir jedoch den Blick. Ich setzte mich wieder und griff nach dem »Spiegel«.

Wahnsinn, was dieser Bin Laden alles auf dem Kerbholz hatte! Die Zerstörung der Twin Towers in New York war nur der traurige Höhepunkt gewesen. Überall in der Welt hatte er seine Selbstmordattentäter ausgesandt. Die Ironie an der Geschichte nur war, dass die Amerikaner ihn anfangs unterstützt hatten, damals, als die Russen in Afghanistan einmarschiert waren. An der Seite der Mudschaheddin hatte Bin Laden gekämpft, und die Amerikaner hatten ihm die Waffen dazu geliefert. Als die Afghanen die Russen schließlich besiegt und aus dem Land geworfen hatten, verspürte Bin Laden jedoch keine Spur von Dankbarkeit den Amerikanern gegenüber. Im Gegenteil, nun fing er an, seine ehemaligen Verbündeten zu bekämpfen. Es war alles vollkommen irre.

Nach gut zehn Minuten kam Rüdiger zurück. Das Blut war in seine Wangen zurückgekehrt, was ich als gutes Zeichen wertete.

»Noch keine Entwarnung«, flüsterte Rüdiger mit einer Spur von Erleichterung, »aber der Schilddrüse fehlt nichts!«

Als wir ins Auto stiegen, war vom Kastenwagen nichts mehr zu sehen. Vielleicht war es ja auch nur ein dummer Zufall gewesen. Fing auch ich jetzt an, nervös zu werden? Das durfte ja nicht wahr sein! Nein, alles lief doch jetzt nach Plan, und auch Rüdiger ging's wieder besser. Seiner Schilddrüse jedenfalls fehlte nichts, ich hatte es ihm ja gleich gesagt.

»Soweit ein Hausarzt das sagen kann«, schränkte Rüdiger ein, »es gibt so kleine Krebsknoten, die lassen sich nur durch Spezialaufnahmen erkennen.«

»Hör zu, Rüdiger!« Ich hielt unvermittelt am Straßenrand an. »Nun beginnt die heiße Phase der Operation. Wir haben ihn identifiziert, eindeutig identifiziert. Nun rollt bald die Kohle!«

»Eindeutig identifiziert?« Rüdiger blickte mich fragend an. Er schien sich an nichts mehr zu erinnern.

»Na, das Muttermal!«

»Hast du's gefunden?«, fragte mich Rüdiger erschrocken.

»Ein Adler!« In meiner Stimme lag ein Hauch von Triumph.

Auch Doris war äußerst erleichtert, als sie sah, dass Rüdiger nichts fehlte. »Ein Mensch in der Familie muss reichen, die Doktors zu ernähren.« Sie machte ein bedeutungsvolles Gesicht. Dann fragte sie uns fröhlich, warum wir ihnen denn nichts von den Kaninchen erzählt hätten, da sei uns ja eine nette Überraschung eingefallen!

»Kaninchen?« Rüdiger und ich sahen sie fragend an.

»Stellt euch nicht so blöd«, lachte Doris, »der Händler ist schon da gewesen. So ein netter Mann! Hat es sich nicht nehmen lassen, die tiefgefrorenen Tiere eigenhändig in unseren Kühltruhen zu verstauen.«

Zum Glück schafften wir es bis in mein Arbeitszimmer, wo sich Rüdiger gleich in den Sessel fallen ließ. Die zarte Röte aus seinem Gesicht war schlagartig wieder einer grausamen Blässe gewichen. »Wir sind erledigt«, stöhnte er, »sie haben uns aufgespürt!«

»Moment, Moment«, beschwichtigte ich, »selbst wenn die Kaninchen von al-Qaida stammen. Was hat die Bande denn erreicht? Nichts! Sind sich wohl offensichtlich völlig unsicher, ob wir es sind, die sie suchen.«

»Und wieso inspizieren sie dann unsere Kühltruhen?«, fragte Rüdiger und fing wieder hektisch an, an seiner Schilddrüse herumzutasten.

»Tu mir einen Gefallen und lass deinen Hals in Ruhe«, tadelte ich, »deine Schilddrüse ist völlig okay!«

»Woher wissen sie das mit der Kühltruhe?«, rief Rüdiger, ohne die Hände von seiner Schilddrüse zu nehmen.

»Keine Ahnung.«

»Zeig mir mal das Foto.«

»Welches Foto?«

»Na, du weißt schon, das Foto von der Leiche!«

Mir ging ein Licht auf. Natürlich! Die Eiskristalle auf dem Bart! Könnten die uns verraten haben? Ich schaltete den Computer ein. Auf dem größeren Bildschirm würde es besser zu erkennen sein als auf dem Kameradisplay. Rüdiger stand aus dem Sessel auf und trat neben mich. Dass die glitzernden Punkte auf dem Bart Eiskristalle waren, könne nur der Eingeweihte erraten, stellte ich fest. Es hätten auch einfache Wassertropfen sein können. Den Bildausschnitt hatte ich zudem sorgfältig gewählt, außer dem Gesicht des toten Terroristen war nur wenig von dem unauffälligen Hintergrund zu sehen.

»Darf ich mal?«, fragte Rüdiger und übernahm meinen Sitzplatz. Er klickte verschiedene Symbole an einer Leiste an und plötzlich vergrößerte sich das Bild. Zeile um Zeile begann Rüdiger nun, das Foto in starker Vergrößerung abzutasten. »Da!«, rief er plötzlich aus und rückte den Ausschnitt noch näher heran, »kannst du das lesen?«

»Bosch!«

So könnte es gewesen sein. Auf diese Weise könnte sich der saudische Onkel alles zusammengereimt haben. Zwar hatte ich eine anonyme E-Mail-Adresse benutzt und dem Onkel weder unsere Namen noch unseren Wohnort mitgeteilt, aber wahrscheinlich verfügte die Terrorbande über technische Möglichkeiten, den Inhaber jeder E-Mail-Adresse ausfindig zu machen. Die Verbrecher waren ja hoch gerüstet. Dieser scheinheilige Onkel! Während er uns zu Beweisen aufforderte, schickte er uns seine Sympathisanten mit gefrorenen Hasen ins Haus. Nur gut, dass Bin Laden bei Tante Trude lagerte. Ich schob Rüdiger vom Stuhl und öffnete wütend das Mailprogramm. Dann tippte ich folgenden Text ein: »Wir lassen uns nicht an der Nase herumführen! Zieh Deine Kumpel ab, oder Ihr werdet die Leiche niemals bekommen! Die Sache mit den gefrorenen Kaninchen war ein Fehler.«

Nur zwei Minuten später kam die Antwort. Oh, wie dumm sich der Onkel stellte! Hielt uns wohl für blutige Anfänger.

»Gefrorene Kaninchen? Ist das ein Codewort? Ich weiß von nichts, bitte bleiben Sie ganz ruhig und unternehmen Sie nichts Unüberlegtes. Die Identifizierung ist positiv verlaufen. Sind an baldiger Übergabe interessiert und bitten um weitere Anweisungen.«

Na, warum denn nicht gleich so! Jetzt fraß er auf einmal Kreide! Oder war das eine Falle? Wusste er wirklich nichts von den Kaninchen? Egal, je früher wir Bin Laden loswurden, desto besser! Schon hatte ich auf »Antworten« geklickt und wollte meinen Übergabeplan in die Tasten hauen, als mir Rüdiger dazwischenfuhr.

»Moment!«, rief er, »wenn der Onkel nichts mit den Kaninchen zu tun hat, wer dann?«

»Keine Ahnung.«

»Derjenige, der sie uns in unsere Kühltruhen legen lassen hat, wusste Bescheid.«

»Und das kann nur der Onkel sein«, räumte ich ein, »jetzt aber hat der Onkel gemerkt, dass er sich verspekuliert hat, und backt deshalb kleinere Brötchen!«

»Kann sein, kann auch nicht sein.«

»Wie meinst du das?«

»Vielleicht hat jemand deine Korrespondenz belauscht.«

Nun musste ich lachen. Rüdigers Fantasie war wirklich grenzenlos. »Wer, bitte schön, soll auf die Idee kommen, die E-Mails von einem deutschen Vorruhestandsrentner abzufangen?«, fragte ich amüsiert.

»Nicht deinen üblichen Senf natürlich«, sagte Rüdiger, »aber vielleicht alle Mails, die zu dem saudischen Scheich gehen. Denk dran, er ist der Onkel von Bin Laden!«

Genau das war es, wofür ich Rüdiger schätzte. Seine ständigen Sorgen und Befürchtungen hatten zwar mehr als einmal Sand in die betrieblichen Abläufe gestreut, hatten manches Mal zu lästigen Verzögerungen und Nachfragen geführt, oft aber hatte er uns durch seine deutsche Gründlichkeit auch vor größeren Schäden bewahrt. Einmal, es ist am Rande der Sahara gewesen, hatte er sich strikt geweigert, eine bestimmte Schraubensorte zu akzeptieren. Wir waren wieder einmal spät dran gewesen, und ich hätte ihn an die Wand werfen können. Für mich sahen die Schrauben aus wie immer, Rüdiger aber behauptete, sie seien irgendwie anders. Irgendwie anders! Ich bekam einen Tobsuchtsanfall. Dann ließ ich mich zähneknirschend breitschlagen, eine der Schrauben per Express an unsere deutsche Materialabteilung zu schicken. Auf das Ergebnis mussten wir nicht lange warten. Die Spezialschrauben waren eine billige chinesische Fälschung! Hätten wir sie benutzt, wären die Strommasten beim kleinsten Wüstenwind auseinandergefallen!

Auch diesmal war ich klug genug, Rüdigers Einwände nicht in den Wind zu schlagen. Möglicherweise hatte er Recht. Möglicherweise lagen Geheimdienste auf der Lauer, möglicherweise wollten sie durch die Beschattung des saudischen Onkels mehr über die Aktivitäten von al-Qaida erfahren. Möglicherweise hatten die Amerikaner bei dem Überfall in Pakistan auch verdächtige E-Mail-Adressen erbeutet. Möglicherweise hatte man die Kaninchen in einer CIA-Kühltruhe tiefgefroren! – Der Laster! Der graue Kastenwagen! Keine al-Qaida-Leute, sondern CIA-Agenten! Waren uns nachgefahren und als sie gesehen hatten, dass die Luft rein war, waren sie schnell zurück zu unseren Frauen. Mit den Kaninchen im Gepäck! So könnte es abgelaufen sein! Dennoch, ich weiß nicht warum, irgendetwas störte mich an dieser Hypothese.

»Komm mit«, sagte ich zu Rüdiger.

»Wohin?«

»In unsere Keller!«

Die Kaninchen waren in einer weißen Plastikfolie verpackt. Auf der Folie war die Adresse eines deutschen Kaninchenfleischproduzenten angegeben, vom »Hoppelhof«. Die Folie, die Beschriftung, der Name des Unternehmens, alles wirkte völlig unauffällig. Auch die anderen Angaben, das Verpackungsgewicht, das Mindesthaltbarkeitsdatum, die Hinweise zur Lagerung, alles war seriös und unspektakulär. Übliche Handelsware eben. Kein arabisches Schriftzeichen fand sich, aber auch keine Hinweise auf eine amerikanische Herkunft. Klassische deutsche Standardkaninchen.

»Kann sich jeder im Supermarkt besorgt haben«, sagte ich enttäuscht, notierte mir aber dennoch den Namen des Herstellers, um im Internet nach ihm zu googeln.

»Und nun?« fragte Rüdiger.

»Wir gehen auf Nummer sicher, erstens verschicken wir die Mail von einem anderen PC ...«

»Aber nicht von meinem!«, unterbrach mich Rüdiger heftig.

»Natürlich nicht, du Angsthase!«, beruhigte ich ihn. Für wie blöd hielt er mich eigentlich?

»Und zweitens?«, fragte Rüdiger.

»Zweitens brauchen wir eine neue E-Mail-Adresse, unter der wir den Scheich erreichen.«

»Warum?«

»Weil uns der CIA, oder wer immer der Kaninchenlieferant war, sonst wieder sofort auf den Fersen ist!«

Als ich ins Wohnzimmer kam, saß Heidi am Esstisch und brütete über einem Formular. Ihr Gesicht sah unglücklich aus. Neugierig warf ich einen Blick über ihre Schulter: »Antrag auf Errichtung einer Betreuung«, stand da zu lesen. Zögerlich setzte Heidi die Kreuze, radierte eines weg, setzte es an eine andere Stelle, um schließlich in einer unvermuteten Gefühlsaufwallung den Bleistift hinzuwerfen und das Formular zu zerreißen.

»Ich kann das nicht«, stöhnte sie und fuhr sich mit den Händen übers Gesicht. »Das hat Tante Trude nicht verdient, dass wir sie für unzurechnungsfähig erklären!«

»Aber Heidi«, sagte ich mit sanfter Stimme, » es ist doch nur zu ihrem Besten.«

»Zu ihrem Besten?«, rief Heidi. »Nein, niemals! Sie ist ihr ganzes Leben eine selbstbestimmte Frau gewesen. Was gibt uns das Recht, daherzukommen und sie in ein Heim zu sperren?«

»Heidi«, sagte ich noch sanfter, »machen wir uns doch nichts vor, Tante Trude bekommt nichts mehr zusammen.«

»Oh doch«, protestierte Heidi, »sie kauft noch selbst ein und kocht auch noch selbst.«

»Einkaufen? Weißt du noch die dreißig Salzstreuer neulich?«, erinnerte ich sie.

»Ja und? Das war Ostern, und sie wollte für jedes Ei einen Streuer haben. Andere Leute kaufen noch viel unsinniger ein. Soll man die alle entmündigen?«

»Mag sein, Heidi, was aber machen wir, wenn sich keiner meldet, der sie am späten Abend hilflos am Kanal entlanglaufen sieht?«

Heidi schwieg und rieb sich müde das Gesicht.

»Wie leicht kann sie sich im Mönauer Bannwald verlaufen«, mahnte ich, »und jetzt ist es warm. Was aber wird im Winter sein?«

»Es gibt doch so Schuhe mit 'nem Sender drin. Da brauchen wir nur am Computer nachschauen, wo's blinkt. Hab' ich im Fernsehen gesehen.«

»Und wenn sie die Schuhe verliert? Oder gleich barfuß losmarschiert?«

»Ach, du willst sie nur loshaben«, sagte Heidi heftig und ohne mich anzuschauen.

»Heidi, es ist das Beste für sie«, beteuerte ich, »glaub mir, die Verantwortung ist zu hoch.«

»Ich weiß nicht«, jammerte Heidi, »ich weiß überhaupt nichts mehr.«

Wenn es um Tante Trude ging, verlor Heidi jeden Sinn für die Realität. Früher, ja früher, da hatte Tante Trude ihren Mann gestanden. Viele in der Stadt kannten sie noch. Sie hatte als Verkäuferin bei der Heka gearbeitet, die schönste Zeit ihres Leben sei das gewesen, war sie früher nicht müde geworden zu betonen.

Auch daheim hatte Tante Trude alles immer tipptopp in Schuss gehalten. Sie war ein Mensch, der ständig etwas zu tun haben musste, der keine Langeweile ertrug. Umso schwerer war ihr der Ruhestand gefallen. Wenn es nach ihr gegangen wäre, würde sie heute noch in der Schreibwarenabteilung stehen und den Leuten Kalender oder Hefte verkaufen. Eine eigene Familie hatte sie nie gehabt, so hatte sie Heidi adoptiert. Bildlich gesprochen. Heidi war ihr Ein und Alles. Schon als kleines Mädchen hatte sie sie zum Spielen und Basteln eingeladen, hatte mit ihr den Garten bestellt oder Äpfel eingekocht. Und hatte sie auf der Bergkirchweih aufs Pferdekarussell gesetzt und ihr im Freibad West das Schwimmen beigebracht. Deshalb fiel es Heidi ja auch so unglaublich schwer, zu akzeptieren, dass es mit Tante Trude bergab ging.

Die Nachbarn hatten ihr schon mehr als einmal dringend nahegelegt, Tante Trude auf einer Demenzstation unterzubringen. Aber Heidi war auf diesem Auge blind, wollte den Realitäten nicht ins Auge sehen. Und auch seitdem sie Tante Trude ständig einsammeln musste, konnte sie sich nicht aufraffen, sie einweisen zu lassen.

»Als Kind hat sich Tante Trude um mich gekümmert, jetzt kümmere ich mich eben um sie«, pflegte Heidi stets zu sagen.

Mein Einwand, auch wenn Tante Trude in einem Heim wäre, könne, ja müsse Heidi sich doch weiterhin um sie kümmern, zog nicht. Ich glaube, Heidi verstand

Tante Trude und ihr Häuschen als untrennbare Einheit. Die Vorstellung, sie auseinanderzureißen, zerbrach ihr das Herz. Langsam aber begann auch Heidi zu erkennen, dass es nicht mehr so weitergehen konnte.

6

Beim Frühstück schüttelte Heidi angewidert den Kopf. Der Grund war ein völlig harmloser. Auf der Titelseite der Erlanger Nachrichten war ein Foto zu sehen, das Präsident Obama zeigte, wie er zusammen mit Mitgliedern seiner Führungscrew die Operation »Geronimo« verfolgte, die Tötung Bin Ladens. »Das ist doch grauenvoll. Wie kann man nur im Sessel sitzen und zuschauen, während Menschen getötet werden!«

»Aber Liebes! Der Typ ist doch kein Mensch gewesen, das war eine Bestie. Auch du hast dich doch gefreut, dass er weg ist.«

Das sei etwas anderes, widersprach mir Heidi und setzte sich steif auf. Es gehöre sich nicht, bei der Tötung eines Menschen zuzusehen. Das sei ja wie im Mittelalter, wie auf einem öffentlichen Hinrichtungsplatz! Ich solle mir doch bloß Obama anschauen, er würde ja förmlich in seinem Sessel versinken. Und Frau Clinton! Die Art, wie sie sich erschrocken die Hand vor den Mund halte. Das zeige doch, wie pervers so ein Geglotze sei!

»Langsam, langsam, Liebes«, sagte ich, »wer von uns schaut sich denn Sonntag für Sonntag den Tatort an?«

Ich hatte sie bei ihrer wunden Stelle erwischt. Keinen Sonntag verpassten Heidi und Doris ihre Lieblingssendung. Entweder sie saßen bei uns vor der Glotze oder sie trafen sich bei Doris. Der Sonntagabend und ihr Tatort waren ihnen heilig, niemand durfte sie dabei stören. Das Seltsamste aber war, um Punkt neun ging der Wecker und dann spielten unsere beiden Frauen Mördertippen. Und das ging so: Jede legte sich auf einen Mordverdächtigen fest und der Verlierer musste zwei Euro in das Urlaubssparschwein stecken. Dabei hatten sie es zu einer echten Könnerschaft gebracht. Noch nie war es vorgekommen, dass der Mörder erst nach einundzwanzig Uhr den Bildschirm betrat. Und äußerst selten war der Haupttatverdächtige auch der Täter. Meist handelte es sich um eine bis neun Uhr weitgehend unauffällige Nebenfigur, die erst zum Finale hin in den Fokus der Ermittler geriet. So tippten die beiden denn auch meist auf die unmöglichsten Kandidaten, und es war erstaunlich, welche Trefferquote sie damit erreichten.

»Was hat denn der Tatort damit zu tun?«, fragte Heidi spitz.

»Schaut man da etwa nicht beim Morden zu?«, fragte ich unschuldig zurück.

Das sei doch ganz was anderes! Dass ich das nicht verstünde! Beim Tatort sei doch alles nur Theater, alles nur Schauspiel, das könne man doch nicht vergleichen. Hier aber – und dabei klopfte Heidi energisch auf die Zeitung – hier würden richtige Menschen gekillt.

»Ein Feldherr hat von jeher alle Schlachten mitverfolgt«, bemerkte ich ungerührt.

»Schlachten?« Heidis Stimme klang höhnisch. »Ein Abschlachten ist das gewesen!«

Ich trank meinen Kaffee aus. Jede weitere Diskussion erschien mir zwecklos. Frauen dachten eben anders. Ich musste mich jetzt mit wichtigeren Dingen beschäftigen.

Das Problem mit der neuen E-Mail-Adresse war eine echte Herausforderung. Dagegen war es leicht, einen anderen Internet-Computer zu finden. Es gab in unserer Siedlung nämlich nur einen öffentlichen PC, und der stand bei Friseur Vierzigmann. Den Laden von Friseur Vierzigmann als Salon zu bezeichnen, wäre eine himmelschreiende Übertreibung gewesen. In seinem Friseurgeschäft schien die Zeit stehengeblieben. Er hatte sich Ende der siebziger Jahre selbstständig gemacht, seitdem hatte er bis auf die Abreißkalender neben den Spiegeln so gut wie nichts verändert. Die Wand zierte eine seltsame Strukturtapete, das Muster der Bodenfliesen bestand aus konzentrischen Ringen, und die Frisierstühle waren mit blauem Kunstleder bezogen. Vielleicht lagen diese Nachlässigkeiten auch daran, dass Vierzigmann ein eingefleischter Junggeselle war. Eine Ehefrau hätte längst protestiert oder tatkräftig umgeräumt. Auch sonst hatte Vierzigmann keine Frauen, ich meine, Mitarbeiterinnen. Noch nicht mal einen Lehrling. »Macht nur Arbeit«, sagte er, »und wenn sie endlich was können, sind sie wieder weg!«

Nur im Wartebereich hatte Friseur Vierzigmann eine kleine Änderung vorgenommen. Neben dem Ständer mit den Illustrierten, lauter alten ADAC-Zeitschriften, stand so ein Klapprechner, mit dem man die kleinen Wartezeiten überbrücken konnte. Vierzigmann schnitt nur auf Termin, jeden trug er per Hand in einen riesigen Kalender ein. So eilte er oft zwischen Friseurstuhl und Telefon hin und her, denn er machte alles selbst.

Während ich mir nun die Haare schneiden ließ, setzte sich Rüdiger an den Computer und sandte die Nachricht an eine neue Kontaktadresse. Rüdiger war ein echter Computerspezialist. Während die meisten Männer unseres Alters bestenfalls E-Mails schreiben konnten oder auf gewöhnliche Art herumgoogelten, hatte sich Rüdiger mit wilder Akribie in die letzten Geheimnisse des weltweiten Netzes eingearbeitet. Und so hatte er schnell einen raffinierten und sicheren Umweg gefunden, um an den Scheich zu gelangen, ohne dass uns irgendwer belauschen konnte. Mit dem Ausweichen auf Friseur Vierzigmanns Computer wurde die Sache noch sicherer.

Den Text hatte Rüdiger daheim bereits fünfmal überarbeitet. Die halbe Nacht hatten wir darüber gegrübelt, wie sich die Übergabe auf unauffällige und zugleich sichere Weise organisieren ließ. »Erst das Geld, dann die Ware, lautet die Devise bei solchen Geschäften«, versuchte ich Rüdiger zu überzeugen, was mir schließlich auch gelang. Den Beweis der korrekten Identität des Toten hatten wir ja bereits geliefert. Klare Kiste, dass das Geld in bar zu übergeben war! Nur Bares ist Wahres, nichts anderes würden wir akzeptieren. Eine Überweisung in einer solchen Höhe und der Leiter unserer kleinen Sparkassenfiliale in der Möhrendorfer Straße hätte uns sofort als Gauner identifiziert. Vom Finanzamt ganz zu schweigen! Nein, bar und in kleinen Scheinen, so musste die Million fließen.

Auch Friseur Vierzigmann, ein überaus kommunikativer Mensch, beschäftigte der Tod Bin Ladens. Er sei »totfroh«, dass man den Kerl erwischt habe, sagte er, als er mir den Nacken auskratzte. Schon allein aus beruflichen Gründen! Wenn das Schule gemacht hätte und alle so wenig Geld für den Haarschnitt ausgeben würden wie Bin Laden, könne er bald zumachen. Ich lachte schallend, während Rüdiger hinter unserem Rücken die letzten Anweisungen in die Tasten haute. Fertig. Ab die Post! Antwort für morgen erbeten, um exakt dieselbe Uhrzeit. Grüßend verließen wir den Laden.

Rüdiger wollte direkt nach Hause und mich nicht zu Tante Trude begleiten. Es gelang mir jedoch, ihn umzustimmen. Schließlich konnte es ja nicht verkehrt sein, sich vor Ort nochmals mit allen Details der geplanten Übergabe vertraut zu machen. Es war schon später Vormittag. Von der Straße aus glaubten wir hinter der Scheibe des Küchenfensters neben Tante Trude noch zwei weitere Personen zu erkennen, zwei Damen, wie es schien. Wer mochte das sein? Sehr ungewöhnlich, dass Tante Trude Besuch hatte. Ich betrat den Garten und schlich mich näher heran. Versteckt hinter dem falschen Jasmin stellte ich mich auf die Zehenspitzen.

Die eine Frau war Heidi, stellte ich beruhigt fest. Wer aber war die andere? Doris war es nicht, so viel konnte ich erkennen. Doris begleitete Heidi nur noch höchst selten zu Tante Trude. Es griff sie zu sehr an, dass Tante Trude sie ständig mit einer alten Kundin verwechselte: »Ja, die Frau Krautwurst! Ich weiß, ich weiß, Sie kommen wegen der Bleistiftminen! Warten Sie, warten Sie, ich hab sie gleich gefunden!« Und dann fing Tante Trude eine hektische Suche an und wühlte in sämtlichen Küchenschubladen, ohne jedoch fündig zu werden. »Tut mir außerordentlich leid«, sagte sie schließlich verwirrt, »fragen Sie doch nächste Woche nochmal nach!« Und wenn Doris dann nicht ging, wurde Tante Trude immer unruhiger und nervöser und fing schließlich das Schimpfen an: »Ich hab Ihnen doch gesagt, Sie sollen nächste Woche wiederkommen, und jetzt sind Sie immer noch da!« Kein Wunder, dass Doris jede Lust verloren hatte, Heidi zu begleiten.

Wer aber war die zweite Dame am Tisch? Nun, wir würden es gleich erfahren. Ich schellte an der Tür. Heidi machte auf, und wir traten ein. Tante Trude empfing uns freudig und sagte, schön, dass wir da seien. Im Garten warte viel Arbeit auf uns, wir sollten doch schon mal mit der Hecke anfangen. Heidi und die mir unbekannte Dame blickten sich bedeutsam an, und die Dame machte sich Notizen. Heidi stellte sie uns vor. Es war Frau Dr. Niethammer-Nagel, die Ärztin vom Gesundheitsamt, von Heidi herbestellt, den Gesundheitszustand von Tante Trude zu begutachten. Also hatte sich Heidi doch dazu durchgerungen, Tante Trude entmündigen zu lassen, stellte ich mit Befriedigung fest. Ich wusste, wie schwer ihr diese Entscheidung gefallen sein musste.

»Es muss doch für Sie sehr einsam hier im Haus sein«, sagte Frau Niethammer-Nagel einfühlsam zu Tante Trude.

Tante Trude aber lächelte nur verschmitzt. »Einsam? Ich bin doch nicht einsam.«

Die Ärztin hob ihre sorgfältig konturierten Augenbrauen, machte sich eine weitere Notiz. Dann hakte sie nach: » Sie fühlen sich nicht einsam?«

Wieder lächelte Tante Trude verschmitzt, ja, direkt spitzbübisch: »Fragen Sie doch meinen Willi!«

»Willi?« Unsicher sah die Amtsärztin zu Heidi hinüber.

Unmerklich schüttelte Heidi den Kopf.

»Wo ist denn Ihr Willi?«, fragte Frau Niethammer-Nagel weiter.

»Er ruht sich nur ein wenig im Keller aus«, sagte Tante Trude, »heute Abend aber führt er mich aufs Schlossgartenfest!«

Bei diesen Worten stand Tante Trude auf, raffte ihr zerschlissenes Kleid, begann, einen Walzer zu trällern, und drehte sich dazu erstaunlich schwungvoll im Kreise. Wieder sah die Ärztin zu Heidi hinüber, wieder schüttelte Heidi traurig den Kopf. Plötzlich hielt Tante Trude in ihrem Tanz inne. Lauschend drehte sie den Kopf zur Tür.

»Ich glaube, Willi hat sich erhoben«, sagte sie mit leiser Stimme, legte den Finger vor ihre immer noch schönen Lippen und strich ihr Kleid glatt. »Ich denke, Willi will jetzt seinen Tee trinken!«

Dass Rüdiger der Schrecken in die Knochen fuhr, konnte ich ihm nicht vorwerfen. Die Ärztin schaute ebenfalls zur Tür hinüber, doch nichts geschah.

»Ach«, Tante Trude lächelte entschuldigend, »er ist halt ein wenig menschenscheu, so war er schon immer!«

»Menschenscheu«, murmelte die Amtsärztin, Tante Trudes Worte protokollierend.

»Schreiben Sie für die Erlanger Nachrichten?«, fragte Tante Trude neugierig. Ein Leuchten trat dabei in ihre Augen, und ohne die Antwort von Frau Niethammer-Nagel abzuwarten, ergriff sie deren Hand. »Kommen Sie mit! Mit der Presse hat Willi immer gerne geplaudert!«

»Tante Trude«, sagte ich und ging schnell dazwischen, »ich glaube nicht, dass die Frau Doktor mit Willi reden will!«

Da sah mich Tante Trude böse an: »Was mischt sich der Gärtner ein? Gehen Sie hinaus und schneiden Sie die Thujen!«

Ich blickte mit entschuldigendem Lächeln die Ärztin an: »Sie sehen, wie es hier zugeht, ich glaube, es ist wirklich das Beste, sich nach einem besseren Platz umzuschauen.«

Jetzt aber war Tante Trude in Fahrt gekommen: »Was soll das heißen, ein besserer Platz? Die Thujen bleiben stehen, wo sie sind! Wehe, wenn Sie sie woanders hinpflanzen! Nun gehen Sie schon, die Sache wird mir zu teuer. Und nehmen Sie Ihren Gehilfen mit.« Darauf drehte sie sich um und fragte die Ärztin: »Kommen Sie jetzt mit zu Willi oder nicht?«

»Der Gärtner würde sich gerne noch kurz mit der Frau von den Erlanger Nachrichten unterhalten, wenn du gestattest, Tante Trude!«, warf ich geschickt ein.

»Gut, dann geh ich schon mal Willi wecken!« Und ehe wir etwas dagegen unternehmen konnten, marschierte Tante Trude schnurstracks Richtung Keller.

»Wilhelm ist ihr eingebildeter Ehemann«, flüsterte Heidi der Frau Niethammer-Nagel zu. »Sie behauptet, er wäre in ihre Tiefkühltruhe eingezogen!«

»Darf ich mir die Tiefkühltruhe mal ansehen?«, fragte die Ärztin, »auch in den Kühlschrank und die Vorratsschränke hätte ich gerne einen Blick geworfen!«

»Da ist nichts mehr in der Tiefkühltruhe«, rief ich schnell, »seit Jahren stillgelegt! Tante Trude kann nichts mehr selbstständig machen, überhaupt nichts mehr.«

»Aber telefonieren kann sie wohl noch«, sagte die Ärztin und deutete auf den Telefonapparat, der auf einem Biedermeiertischchen stand.

»Probieren Sie den Apparat einmal«, forderte ich sie auf.

Die Ärztin sah mich fragend an.

»Nehmen Sie einfach den Hörer ab«, drängte ich.

Zögernd kam die Ärztin meiner Aufforderung nach und lauschte in den Hörer. Im selben Moment fing es in Heidis Tasche an zu piepsen.

»Der Telefonhörer ist fest mit dem Handy meiner Frau gekoppelt. Sobald Tante Trude abnimmt, klingelt es bei meiner Frau.«

»Eine sinnvolle Lösung«, lobte die Ärztin.

»Sinnvoll?«, fragte ich, »wie man's nimmt! Oft klingelt es bei uns mitten in der Nacht, weil Tante Trude eine Reise nach Mallorca buchen will. Oder ein Taxi zum Botanischen Garten bestellt. Neulich wollte sie sogar nach Südafrika. Da gebe es ein Pinguin-Rehazentrum, das sie unterstützen werde. Kein Wunder, dass meine Frau nicht mehr schlafen kann.«

»Ach Horst«, sagte Heidi, »das hat doch nichts mit Tante Trude zu tun. Sie ruft doch wirklich nur höchst selten an.«

In diesem Moment hörten wir aus dem Keller einen lauten, tadelnden Ruf. »Ja, Wilhelm«, klang es von unten, »willst du dich denn gar nicht rasieren?«

Rüdiger hatte sich zum Glück aus seiner Schreckstarre gelöst und begleitete die Ärztin und Heidi geistesgegenwärtig hinaus vor die Haustür. Ich stieg unauffällig Tante Trude hinterher. Sie stand im Vorratskeller, klatschte in ihre Hände und blickte freudig verzückt in die geöffnete Truhe.

Mit einem Trick war es mir gelungen, Tante Trude in den Garten zu locken, während Heidi, die die Ärztin noch verabschiedet hatte, das Geschirr abspülte. Ich hatte Tante Trude gesagt, ich hätte ein Rotschwänzchen entdeckt, das in ihrem Schuppen brüte, worauf sie entzückt mitgekommen war. Zunächst hatte ich den Vorratskeller wieder versperren wollen, hatte mir dann aber vorgestellt, wie Tante Trude wohl reagieren würde, wenn sie den Weg zu ihrem Geliebten erneut versperrt fand. Es war ihr zuzutrauen, dass sie einen Nachbarn bat, die Tür aufzubrechen. Nein, nein, es war zwar ebenfalls nicht ohne Risiko, besser aber war es, den Vorratskeller nicht abzusperren. Während uns Tante Trude weiter für Gärtner hielt und uns Kommandos erteilte, was wir wo zu schneiden hätten, sah ich mich mit Rüdiger verstohlen um.

Unser Plan war so einfach wie genial. In drei Tagen, exakt um Mitternacht, würde das al-Qaida-Auto um die Ecke biegen und am Anfang der Straße halten. Rüdiger sollte bei der Kühltruhe Wache schieben, während ich einsteigen, den Koffer öffnen und das Geld zählen würde. Sodann würde ich unsere Geschäftspartner zum Haus der Tante führen und durch den Garten und die Außentür zu Rüdiger gelangen. Die Araber würden Bin Laden aus der Truhe heben und ihn zum Auto tragen. Und aus die Maus! Die Sache wäre durch! Wichtig war nur, sicherzustellen, dass die Außentür des Kellers nicht abgesperrt war.

Während Tante Trude Rüdiger zu den völlig verwilderten Rosen führte und mit ihm schimpfte, warum diese so liederlich aussähen, schlich ich mich die

Außentreppe hinunter. Wunderbar! Die Tür ließ sich kinderleicht öffnen. Nichts stand unserem Unternehmen mehr im Weg. Drei Tage dürften dem saudischen Onkel wohl locker reichen, das hübsche Köfferchen aufzutreiben. Samt Inhalt natürlich!

Zu dritt gingen wir heim. Heidi war sehr schweigsam. Das Gespräch mit der Ärztin schien ihr noch nachzugehen. Sie hatte von ihr eine Adresse bekommen, »Seniorenresidenz am Burgberg«. Ob ich morgen früh mitkäme, mir die Einrichtung anzuschauen? Natürlich sagte ich zu, obwohl mir vor Altenheimen grauste. Ohne Beistand jedoch würde Heidi die Entscheidung noch schwerer fallen, das wusste ich. Es war keineswegs sicher, dass sich Heidi tatsächlich mit der Idee vom Pflegeheim anfreunden würde.

Ein ganzes dickes Album hatte Heidi daheim, lauter Fotos, die Tante Trude von ihr geschossen hatte. Heidi auf der Schaukel am Falkenspielplatz, Heidi unter Tante Trudes Apfelbaum, Heidi beim Auspusten ihrer Geburtstagskerzen, Heidi in Tante Trudes Armen auf dem geblümten Sofa, Heidi und Tante Trude auf der Alterlanger Kerwa, beide mit einem Lebkuchenherz um den Hals. Das Album hatte einen Ehrenplatz in unserer Schrankwand, gleich neben dem Fernseher.

Heidis Mutter hatte ein Schuhgeschäft am Hugenottenplatz besessen und immer nur wenig Zeit für ihre Tochter gehabt. So ist Tante Trude zu einer Art Ersatzmutter geworden, was nun alles so schrecklich verkomplizierte. Denn wer steckt seine Mutter schon leichten Herzens in ein Heim?

In den ersten Jahren von Tante Trudes zunehmender Verwirrtheit hatte sich Heidi auch noch um den großen Garten gekümmert, bis es ihr schließlich zu viel wurde. Die Arbeit an sich wäre noch gegangen, wenn sich Tante Trude nicht immer eingemischt hätte. Bei der Apfelernte etwa hatte die Tante jeden Apfel wieder aus dem Korb genommen, ihn geküsst, an sich gedrückt und ausgerufen: »Gott segne dich, du edle Frucht!« Nach dem fünfzigsten Apfel war selbst der geduldigen Heidi der Geduldsfaden gerissen. Als Heidi zuletzt den Rasen mähen wollte, warf sich Tante Trude plötzlich vor die Maschine, weil sie einen Wurm entdeckt hatte, dem sie das Leben retten wollte. Heidi war mordsmäßig erschrocken, um ein Haar hätte sie Tante Trude die Hand zerhäckselt.

Nein, es ging wirklich nicht mehr. Auch fand sich seit einem Jahr keine Putzfrau mehr, die es bei Tante Trude länger als einen Monat aushielt. Zum Schluss hatte Tante Trude sogar mit einem Fieberthermometer die Temperatur des Putzwassers kontrollieren wollen. Es dürfe nicht heißer sein als dreißig Grad, sonst leide der Parkettboden. Einer Putzfrau war sie auf die Leiter nachgestiegen, um eine Spinne am Lampenschirm vor dem Staubwedel zu bewahren. Fast wären sie beide umgestürzt. Nun putzte Heidi notdürftig die Wohnung, heimlich, während Tante Trude vor dem Fernseher ein Nickerchen hielt. Für mich war die Sache sonnenklar: Tante Trude gehörte in ein Heim und zwar so schnell wie möglich.

Als wir zu unserem Doppelhaus kamen, drang ein himmlischer Geruch aus dem Dunstabzug. Schäufala? Schweinebraten? Das roch ja köstlich! Heidi schien Bescheid zu wissen, machte aber ein geheimnisvolles Gesicht und verriet nichts. Doris begrüßte uns strahlend, und wir nahmen in der Essecke Platz. Auf dem weißen Tischtuch mit den Stickereien glänzte das Sonntagsgeschirr, in der Mitte des Tisches stand verheißungsvoll der große französische Bräter. Doris legte ihre karierte Schürze beiseite und hob den Deckel.

»Voilà!«, rief sie stolz. »Eure Kaninchen! In Rotweinsoße!«

In diesem Moment auf die Toilette zu rennen, war sicher kein Zeichen von Selbstbeherrschung. Bestürzt und verärgert zugleich sah Doris Rüdiger hinterher. »Was hat er denn?«, fragte sie uns.

Mühsam stotterte ich eine Geschichte hervor. Es täte uns unsagbar leid, aber der Gefriermann habe uns eine E-Mail geschickt, die Kaninchen hätten möglicherweise die Kaninchenpest, und er würde uns sobald wie möglich zwei Ersatzkaninchen schicken.

Doris und Heidi sahen mich ungläubig an.

»Bestimmt völlig übertrieben das Ganze, reine Vorsichtsmaßnahme«, rief ich rasch, »hmm, das riecht ja köstlich. Kommt, lasst uns anfangen!«

Mit einem energischen Ruck aber riss Doris mir die Löffel aus der Hand. Schweigend nahm sie den Topf, ging nach draußen, und wir hörten den Deckel des Mülleimers klappern.

»Wisst ihr was«, versuchte ich, die Situation zu retten, »ich lade uns alle zu einer Pizza ein!«

Doris und Heidi aber schaufelten sich mit Todesverachtung Kartoffeln und Salat auf die Teller, ohne mich auch nur eines Blickes zu würdigen.

Rüdiger war froh, als ich ihm den Vorschlag machte. Nur weg von hier, bis die Luft wieder rein war. Was ihre Kochkünste anging, da war seine Doris noch empfindlicher als bei ihren Gelenkgeschichten.

Das Boot könnte genau das Richtige für uns sein! Unter den Kleinanzeigen war's mir heute Morgen aufgefallen. Und bis nach Pleinfeld war es nur eine knappe Stunde. Also setzten wir uns in meinen Opel und fuhren los. Eigentlich wollten wir uns ja ein funkelnagelneues Boot kaufen, aber unauffälliger war natürlich ein gebrauchtes. Und wenn die Dame nicht geflunkert hatte, dann war ihr Segler nur ganze drei Mal übers Wasser geflitzt. »Umständehalber abzugeben« hörte sich eher nach einer Anzeige in der Tierrubrik an. Fehlte bloß noch der Zusatz »in gute Hände«. Na, uns konnte es egal sein, vielleicht war es ja wirklich ein Schnäppchen. Und auch als Millionär sollte man nicht unvernünftig werden. Wie oft las man von Lottogewinnern, denen das plötzliche Geld zu

Kopf gestiegen war und die nach kürzester Zeit vor dem totalen Ruin standen. Das würde uns nicht passieren. Immer schön bescheiden bleiben! Es läuft einem nichts weg. Auch die Sache mit den Strandkörben sollten wir uns nochmal überlegen. Wie schnell wird man übermütig.

»Vielleicht sollten wir unseren Frauen überhaupt nichts sagen«, meinte Rüdiger.

»Na, sicher sagen wir nichts«, stimmte ich zu, »das hatten wir doch bereits geklärt.«

»Ich meine, wenn alles vorüber ist, wenn wir das Geld haben, auch dann nicht.«

Hm. Ich überlegte. Da war was dran. Andererseits, wie sollten wir unseren Damen den plötzlichen Besitz des Bootes erklären?

»Die kennen sich doch nicht aus«, sagte Rüdiger, »wir brauchen doch den wahren Preis nicht zu nennen.«

Vielleicht hatte Rüdiger Recht. Vielleicht war es wirklich besser zu schweigen. Auch danach. Wenn alles vorüber war. Warum sollten wir sie unnötig in Aufregung versetzen? Besonders Doris war es zuzutrauen, dass sie, selbst wenn längst alles in trockenen Tüchern war, unberechenbare Dinge tat. Wenn sie schon wegen einer Kleinigkeit wie der Kaninchenpest so überreagierte. Daher kam die Sache mit dem gebrauchten Boot eigentlich wie gerufen. Hatten unsere Frauen schon kaum eine Vorstellung von dem Preis eines neuen Bootes, so erst recht nicht von dem eines gebrauchten. Das Problem waren nur die Jacketkronen. Selbst, wenn wir nur mit einem gebrauchten Boot daherkamen, würde mir Heidi prompt eine Szene machen. Ihre Quecksilbervergiftung sei mir völlig gleichgültig, hörte ich sie bereits schluchzen, mein Freizeitvergnügen sei mir wichtiger. Ich würde sie überhaupt nicht mehr richtig lieben, ihre Gesundheit und ihr Schlaf seien mir völlig egal. Während ich lustig durch die Wellen kreuzte, würde sie vom Quecksilber zerfressen. Sie müsste wohl erst im Lotto gewinnen, um sich die Jacketkronen leisten zu können.

»Ich hab's«, sagte Rüdiger.

»Was meinst du?«

»Lottogewinn!« Rüdiger grinste.

»Lottogewinn?«

»Na, wie bei Krause!«

Ich sagte es ja bereits, manchmal war Rüdiger unbezahlbar. Natürlich, das war die Lösung! Ein Lottogewinn! Mit der gleichen Masche, wie wir diesen Krause damals gelinkt hatten.

»Wie *du* ihn gelinkt hast!«, korrigierte Rüdiger.

»Du hast dabei zugeschaut!«, erinnerte ich ihn.

Krause hatte uns von Anfang an genervt. Seine arrogante Art, dieses schnöselige Auftreten. Allein der Anblick seines selbstzufriedenen Gesichts, mit dem er seinen Kugelschreiber auf der Tischplatte zu drehen pflegte, hatte mir den Puls in die Höhe getrieben. Einfach alles an dem Typen war widerlich. Von Technik keine Ahnung, aber alles besser wissen! Bei der

Montagsbesprechung, die jetzt Briefing hieß, hatten Rüdiger und ich wieder einmal auf ihn warten müssen. Das gehörte zu seiner Taktik, uns alte Hasen, die wir uns mehr als einmal den Arsch für die Firma aufgerissen hatten, warten zu lassen wie zwei blutjunge Praktikanten. Damit wollte er uns seine Überlegenheit demonstrieren.

In seinem Besprechungszimmer, neben der Kaffeemaschine, lag der Durchschlag eines angekreuzten Lottoscheins. Er war auf Krauses Namen ausgefüllt, ich weiß noch, dass mich das überraschte. Krause spielte Lotto. Träumte wohl davon, seine eigene Firma aufzumachen. Na, Prost Mahlzeit! Da konnte er gleich Insolvenz anmelden, die Pflaume, die großspurige. Als seine Sekretärin hereinstöckelte und sagte, es würde noch eine Viertelstunde dauern, schoss mir ein verrückter Gedanke durch den Kopf. Rasch lief ich die Treppen hinunter. Der Pförtner hatte immer einen Stapel Lottoscheine in seinem Kabuff. Einen davon erbat ich mir und lief damit zurück zu Rüdiger ins Besprechungszimmer. Dort zückte ich den Kugelschreiber und kopierte Krauses Lottoschein, so perfekt es ging. Bis auf eine Kleinigkeit: In dem vierten Zifferblock kreuzte ich nicht Krauses Zahlen an, sondern setzte die am Samstag gezogenen ein. Alle sechs Treffer übertrug ich aus den Erlanger Nachrichten auf den Schein. Dann zog ich die erste Seite ab und legte den Durchschlag neben die Kaffeemaschine. Statt Krauses Original.

Kaum war ich damit fertig, trat Krause ein. Das heißt, eintreten trifft's nicht. Krause stürmte in jedes Zimmer, so, als befinde er sich im Kampfeinsatz. Die Angelegenheit mochte noch so banal sein, Krause sorgte durch sein Auftreten für völlig unpassende Dramatik. So auch diesmal. Dann schmiss Krause seinen Klapprechner an und beamte die letzten Statistiken an die Wand. Krause liebte seine Statistiken, ob als Balken- oder Kuchendiagramme. Der Mensch sei das einzige Lebewesen, das sich an Statistiken erfreuen könne, war sein Standardspruch. Als seien all jene, bei denen Statistiken keine Glücksgefühle hervorrufen, nicht zu den Menschen zu zählen. Rüdigers und meine Blicke kreuzten sich das ein über andere Mal, und wir seufzten still. Anfangs hatten wir noch versucht, uns auf feine Weise über ihn lustig zu machen. Vergebene Liebesmüh! Für zarte Ironie fehlte dem Idioten komplett der Sensor. Er war sich selbst immer der wichtigste Mann, alle anderen und so auch wir, waren ihm Statisten, allenfalls lästige Zuarbeiter. So sah er sich und seine Rolle und genoss sie bis zum Erbrechen. Endlich kam er ans Ende seines Monologs, den er mit meist unpassenden Fremdwörtern zu spicken liebte, und entließ uns gnädiglich.

Tags drauf gingen Rüdiger und ich voll grimmigem Vergnügen zur Arbeit. Das heißt, Rüdiger schien unseren Spaß schon fast wieder zu bereuen, blass war er um die Nase, außerdem fingerte er ständig nach seinem Asthmaspray, untrügliches Zeichen dafür, dass er unter Stress stand.

»Jemand, der austeilen kann, muss auch einstecken können«, wollte ich ihn aufheitern, entlockte ihm jedoch nur ein nervöses Lächeln. – Nein, Herr Krause sei noch nicht im Büro, sagte seine Sekretärin. Er habe einen wichtigen externen Termin. Ich grinste Rüdiger an, doch der wurde nur noch blasser. Wichtiger externer Termin! Wohl beim Präsidenten der Lottogesellschaft persönlich! Draußen auf dem Gang konnte ich das Prusten nicht mehr zurückhalten, so heftig schüttelte es mich.

»Stell dir vor, Rüdiger, die ganze Nacht über war er Millionär und heute, wo er sich seinen Gewinn abholen will: Pustekuchen!«

Wieder bog ich mich vor Lachen, als sich plötzlich die Aufzugstür öffnete und Krause heraustrat. Er warf uns einen giftigen Blick zu, brachte aber keinen Ton heraus, sondern drehte sich abrupt um und verschwand wortlos in seinem Büro. Auch später hat Krause nie etwas zu der Lottosache gesagt, uns aber war sonnenklar, dass er nur uns verdächtigte.

»Na und?«, redete ich die Gefahr klein, »soll er nur! Vielleicht stellt er sich ja die Frage, wieso wir ihn auf den Arm genommen haben.«

Die Frage stellte sich Krause natürlich nicht. Er stellte nichts in Frage, überhaupt nichts. Jedenfalls nichts, was ihn selbst betraf. Rüdiger und ich aber standen von diesem Moment endgültig auf seiner

Abschussliste. Krause schikanierte uns, wo er nur konnte. Und als das Angebot mit der Frührente kam, hatten wir nicht lange überlegen müssen.

Jetzt aber sollte uns die Geschichte mit dem getürkten Lottoschein nochmals nützlich werden. Mit einem Lottogewinn würden wir unseren Frauen den plötzlichen Reichtum plausibel machen. Und sie gleichzeitig erfolgreich zum Schweigen verpflichten. Denn wer plaudert schon einen Millionengewinn aus? Das einzige, was wir machen mussten, war einen Lottoschein auszufüllen. Am besten vor den Augen unserer Frauen. Denn wir spielten sonst nie, war ja auch Blödsinn, sicherer Gewinner blieb doch immer nur die Lottogesellschaft.

»Noch besser ist, wir lassen ihn unsere Frauen ausfüllen«, bemerkte Rüdiger schlau, »dann schöpfen sie garantiert keinen Verdacht!«

»Und wenn sie sich an ihre getippten Zahlen erinnern?«, gab ich zu bedenken.

»Unmöglich«, rief Rüdiger, »Zahlen sind für Doris Schall und Rauch!«

Froh, das Problem mit der plötzlichen Million geklärt zu haben, fuhren wir nach Pleinfeld hinein. Die Segelbootdame hatte mir umständlich den Weg beschrieben, und nach einigem Herumkurven fanden wir ihn auch. Heidi hatte schon lange ein Navi vorgeschlagen. »Wozu?«, hatte ich geantwortet, »bin auf der ganzen Welt unterwegs gewesen und stets ohne Navi zurechtgekommen.«

Das Haus war nicht zu übersehen, stand doch leuchtend weiß das Segelboot in der großzügigen Einfahrt, ach was, Segelboot, eine Yacht war das, ein Schiff, wie wir es uns in unseren kühnsten Träumen nicht ausgemalt hatten. Ein Sunbeam 39, schlank wie eine Möwe, satte zehn Meter lang, Salon, Bugkabine, Achterkabine. Alles vom Feinsten!

Wir stellten staunend den Wagen ab und stiegen aus. Konnte man sich ein schöneres Boot denken? Kaum hatten wir geklingelt, öffnete sich die Tür, und eine ältere Dame in einem eleganten schwarzen Kleid öffnete uns. Sie hatte uns bereits erwartet, das Boot könnten wir sofort mitnehmen. Zweihundertfünfzigtausend Euro, und es gehöre uns. Inklusive Hänger. Sie sei froh, das Monstrum loszuwerden und zwar so schnell wie möglich.

Monstrum? Erstaunt sahen wir die Dame an, worauf sich ihr Gesicht verdunkelte und es hinter der gewagt geschwungenen Goldbrille verdächtig zu glitzern begann. Dreimal sei ihr Gatte mit dem Ding gesegelt, von der dritten Fahrt aber sei er nicht mehr zurückgekommen.

»Um Gottes willen!« Rüdiger war schockiert. »Ein Unfall?«

»Unfall?«, erwiderte die Dame mit heiserer Stimme, während sie ihre Brille abnahm und daran herumputzte. »Wie man's nimmt! Mein Mann hatte seine Golflehrerin mitgenommen und sich beim Flirten wohl übernommen. Herzinfarkt.«

»Ein schöner Tod«, dachte ich, legte aber pietätvoll die Stirn in Falten und bemühte mich um einen passenden Gesichtsausdruck.

»Können wir uns das Boot mal ansehen?« Rüdiger hatte sich wieder erholt. Und ich hatte schon Angst, er würde zu seinem Asthmaspray greifen.

»Na, sicher«, schluchzte die Dame. Wir sollten uns nur Zeit lassen. Ob wir einen Kaffee wünschten?

»Später«, versicherten wir, und die Dame ließ uns mit dem Boot allein.

Also, das Schiff war unbeschreiblich! Und die Zweihundertfünfzigtausend ein Witz. Normalerweise kostet so eine Luxusyacht das Doppelte. Mindestens! Denn der Gatte schien an nichts gespart zu haben. Allein die Einbauten! Alles aus feinstem Mahagoni, glänzend poliert, als sei man in einem Fünf-Sterne-Hotel. Hätten wir nicht gewusst, dass man das Schiff bereits zu Wasser gelassen hatte, wir hätten gemeint, es sei fabrikneu. Und auch die technische Ausstattung war auf dem neuesten Stand. Nichts fehlte: Sumlog, Wetterfunkempfänger, Windmesser, Echolot. Sogar einen Kartenplotter gab es. Ich wollte sofort zu der trauernden Witwe und den Kauf perfekt machen, Rüdiger aber konnte sich so schnell nicht entschließen. Klar, so war er eben gebaut. Musste jede Einzelheit mindestens zweimal unter die Lupe nehmen. Er kroch sogar unter den Esstisch, prüfte den Verschluss des Kühlschranks und die Scharniere der Schränke. Fehlte nur noch, dass er den Ölstand des Hilfsmotors kontrollierte. Ich wusste, dass es zwecklos war, ihn dabei zu unterbrechen.

So setzte ich mich einfach an Deck und kniff die Augen zu. Ein fantastisches Gefühl. Sich vorzustellen, mit diesem Gefährt über den kleinen Brombachsee zu kreuzen! In der Mitte zu ankern und eine gemütliche Kaffeerunde abzuhalten. Und dabei die sattgrünen Wälder ringsherum zu bestaunen. Ja, die gab es eben am kleinen Brombachsee! Auf dem Meer sah man immer nur Wasser, Wasser, Wasser. Nichts Grünes. Und das Grüne, das war doch das Eigentliche. Ich streckte die Beine aus und fühlte mich rundum wohl. Sauwohl sogar.

Mit der Besitzerin wurden wir schnell einig. Wir vereinbarten, das Boot gleich Anfang nächster Woche abzuholen. Die Witwe schluchzte ein letztes Mal und bat um Barzahlung.

»Kein Problem«, beteuerte ich, »für Sie gerne auch in bar!«

»Für Sie gerne auch in bar«, äffte mich Rüdiger nach, als wir wieder im Auto saßen. »Was hättest du gemacht, wenn sie gewünscht hätte, es zu überweisen?«

Ich ging nicht darauf ein. »Mensch, Rüdiger«, schwärmte ich stattdessen, »hast du den Cockpit-Tisch gesehen? Und was sagst du zu der Badeplattform? Was meinst du, was Heidi und Doris für Augen machen!«

Rüdiger brummte nur unverständlich und sah mich nicht an.

»Jetzt sag mal ehrlich«, schwärmte ich weiter, »hast du so ein Traumschiff schon mal gesehen?«

Es kam, was kommen musste. Rüdiger runzelte die Stirn und legte sich seine Generalkritik zurecht. Ich sah's ihm genau an, oh, ich kannte ihn sehr gut! Da hatten wir das perfekte Boot gefunden, und Rüdiger würde zu mäkeln beginnen. Alles, was recht ist, aber wer sich jetzt nicht freute, dem war nicht zu helfen. Rüdigers Kardinalfehler war, sich über nichts richtig freuen zu können. Ständig suchte er das Haar in der Suppe. Und fand es natürlich. Bei der Arbeit mochte ihn das auszeichnen, im privaten Bereich war es einfach unerträglich.

»Sag schon, was ist?«, fragte ich, »hat die Kühlschranklampe einen Wackelkontakt?«

Rüdiger lächelte säuerlich. Also kurz und gut, er halte das Boot einfach für hypertroph.

Hypertroph! Bei welchem Arzt hatte er das denn aufgeschnappt?

Was wir uns vorgestellt hatten, fuhr er fort, sei doch nur ein nettes, kleines Segelboot gewesen, um mal ein Stündchen zum anderen Ufer und zurück zu fahren. Das Ding da (er sagte tatsächlich »das Ding da«) aber sei kein schlichtes Segelboot, das sei eine Yacht!

»Ja und?«, erwiderte ich vergnügt, »dann ist es eben eine Yacht! Und zwar eine fast geschenkte.«

Doch Rüdiger war noch lange nicht fertig. Wozu wir denn, bitte schön, ein Echolot bräuchten? Kein Mensch auf dem kleinen Brombachsee hätte ein Echolot! Und was, bitte schön, sollten wir mit einem Kartenplotter anfangen? Und mit einem Autopiloten? Ja, das Ding (er sagte schon wieder »Ding« zu der wunderschönen Schwalbe) habe sogar einen Autopiloten!

Ich wusste, dass es in solch einem Moment unmöglich ist, mit Rüdiger vernünftig zu diskutieren. Das führt nur dazu, dass er sich zunehmend versteift. Auf der anderen Seite darf man keinesfalls den Fehler machen, ihm nicht zu antworten. Das nimmt er einem erst recht übel. Über die Jahre hatte ich gelernt, ihn Stück für Stück wieder zu beruhigen. Der Trick ist: In Kleinigkeiten muss man ihm Recht geben, ohne sich jedoch vom prinzipiellen Kurs abbringen zu lassen.

»Den Autopiloten brauchen wir natürlich nicht«, bemerkte ich schlau, »aber überlege mal, wenn Heidi und Doris wissen, dass es einen Autopiloten gibt, fassen sie viel schneller Vertrauen zu dem Boot. Du weißt doch, wie unsere Frauen sind, immer etwas ängstlich und kein rechtes Vertrauen in unsere nautischen Qualitäten!«

»Und was ist mit den Kabinen?«, fragte Rüdiger unvermittelt. »Kannst du mir verraten, was wir mit vier Schlafplätzen sollen? Wir haben doch unseren Campingwagen.«

»Mensch, Rüdiger, überleg doch mal. Wenn Freunde zu Besuch kommen, können wir die wunderbar unterbringen.«

»Freunde?«, murmelte Rüdiger misstrauisch. »Was denn für Freunde?«

»Als Segler macht man schnell neue Bekanntschaften«, sagte ich rasch. »Und außerdem, was, wenn der Campingwagen mal ausgedient hat? Dann brauchen wir keinen neuen, sondern können auf dem Schiff übernachten.«

Rüdiger brummte erneut in seinen Bart. Aber seine Miene schien sich bereits etwas aufzuhellen. Kein Mensch auf dem kleinen Brombachsee habe ein Boot von über zehn Metern Länge, wandte er noch ein, das Ding sei eine einzige Übertreibung.

Da zog ich meinen Haupttrumpf. »Na und? Stell dir doch mal vor, Krause macht einen Ausflug zum See und sieht uns auf unserem Schmuckstück sitzen!«

Da musste auch Rüdiger grinsen. Ich hatte gewonnen: Der Kauf war perfekt.

Der Abend war wunderschön. Die Sonne stand glutrot über den Hügeln des neuen fränkischen Seenlandes, die Luft war mild und voller Düfte, so dass wir kurz entschlossen noch auf einen Keller zu fahren. In Franken geht man nicht in den Keller, sondern auf einen Keller, womit Hügel gemeint sind, in die Stollen hineinführen, die dem köstlichen Bier die richtige Temperatur verleihen. Es gibt nichts Schöneres, als an einem warmen Sommertag auf einen Keller zu gehen. Am schönsten aber ist das Vergnügen an einem stinknormalen Werktag, denn dann ist auf den Kellern wenig los, und man kann die Aussicht und das Kellerbier ungestört genießen. Daheim in Erlangen gehen wir immer auf den Entlas-Keller. Wo Pfingsten die Bergkirchweih tobt, kann man in der übrigen Zeit unter den alten Bäumen wunderbar Mensch unter Menschen sein. Heute aber wählten wir, um bei unseren Träumen nicht gestört zu werden, einen kleinen Keller bei Aisch an der Aisch, ein echter Geheimtipp.

Ich holte uns zwei Halbe, ein Einheimischentrick, denn auch die Halbe bekommt man im Maßkrug serviert, der Schankwirt aber füllt meist deutlich mehr als einen halben Liter ein. Gegen den Hunger besorgte ich uns an dem kleinen Bretterhäuschen eine fränkische Brotzeitplatte, bei der keine Wünsche offen blieben. Roter und weißer Presssack, hausgemachte Leberwurst, Bierschinken, köstliche geräucherte Würste und dicke Scheiben Pfeffersalami. Dazu gab es würziges Bauernbrot, Essiggurken und reichlich Zwiebelringe. Ich aß mit gutem Appetit und auch Rüdiger griff zu, hatten wir doch der Kaninchen wegen nichts zu Mittag bekommen.

»War völlig übertrieben, den köstlichen Braten wegzuwerfen«, sagte ich.

»Übertrieben?« Rüdiger sah mich groß an. »Keinen Bissen hätte ich davon hinuntergewürgt!«

»Warum nicht?«, fragte ich, während ich mir eine Scheibe Brot dick mit rotem Presssack bestrich. »Was hätte passieren sollen? Die Häschen waren einwandfrei! Hatte doch im Internet recherchiert, völlig handelsübliche Ware, originalverpackt von einem deutschen Qualitätshändler.«

»Könnten dennoch vergiftet worden sein.« Rüdiger legte sich umständlich eine Scheibe Salami auf sein Brot.

»Vergiftet?« Ich schüttelte den Kopf. »Warum denn das? Überleg einmal, das gibt doch keinen Sinn! Wer immer uns auch die Kaninchen in die Gefriertruhe gelegt haben mag, es ging ihm doch einzig darum, Bin Laden zu kriegen. Nicht darum, uns zu töten.«

»Wer glaubst du, steckt dahinter?«, fragte Rüdiger und ließ das Messer sinken.

»Keine Ahnung«, sagte ich, »wahrscheinlich irgendwelche Geheimdienstleute.«

Das war geflunkert. Natürlich hatte ich in erster Linie al-Qaida in Verdacht. Warum aber sollte ich Rüdiger, das nervöse Hemd, unnötig beunruhigen? Ich hob den Krug und wollte auf unser Boot anstoßen. Rüdiger aber hielt nur schwach dagegen, und unsere Krüge erklangen nur müde.

»Tust du mir einen Gefallen?«, fragte ich ihn.

»Was für einen Gefallen?«, fragte er zurück.

»Jetzt freu dich endlich mal!«

»Zu Befehl!«, sagte Rüdiger, und endlich huschte mal so etwas wie ein Lächeln über sein Gesicht.

Nun begann ich, von unserem Schiff zu schwärmen. Was für ein Glücksfall, einen solchen Schatz zu finden und dann noch gleich vor unserer Haustür! Samt Anhänger sogar. Eine Anhängerkupplung hatte ich ja wegen unseres Campingwagens ohnehin montiert. Wir brauchten das Boot bloß an den Opel hängen, und ab ging's.

»Du vergisst eines«, warnte Rüdiger.

»Was denn?«

»Wir haben die Kohle noch nicht.«

Ich ging los, mir noch eine zweite Halbe zu besorgen, und schimpfte dabei still vor mich hin. Aber womit hatte ich gerechnet? Dass Rüdiger plötzlich zum Optimisten mutierte? So ist er eben, vorsichtiger als ein Einsiedlerkrebs. Was sollte schon noch schiefgehen? Wir hatten doch alles bestens vorbereitet.

Der Abend war so mild, dass wir uns daheim angekommen alle noch zu einem Gläschen Wein auf die Terrasse setzten. Auch in den nächsten Tagen solle das frühsommerliche Wetter anhalten, meinte Heidi, und Doris assistierte ihr: Keines ihrer Gelenke melde Regen. Ich verkniff mir die Frage, wie künstliche Gelenke denn noch wetterfühlig reagieren könnten. Es war klar, die beiden führten etwas im Schilde.

»Wir wollten euch überraschen.« Heidi goss uns vom Nordheimer Vögelein nach. »Wir haben uns nämlich überlegt, spontan für ein paar Tage an den kleinen Brombachsee zu fahren.«

Ach, du grüne Neune! Wie kamen sie denn auf diese Idee? Jetzt, wo wir dabei waren, das Geschäft unseres Lebens abzuwickeln, wollten unsere Frauen an den kleinen Brombachsee. Der war doch erst in vierzehn Tagen eingeplant.

»Ich weiß.« Heidis Stimme klang leicht pikiert. »Wir dachten, ihr freut euch vielleicht darüber.«

»Aber natürlich, mein Liebes, natürlich freuen wir uns, nicht wahr, Rüdiger?«

Rüdiger nickte eifrig. Er schien sich tatsächlich zu freuen. Die Aussicht, sich verdünnisieren zu können, stimmte ihn heiter, den Feigling!

»Natürlich fahren wir gerne, sehr gerne sogar«, beteuerte ich und senkte leicht die Stimme. »Es ist nur so, ich habe das Gefühl, Tante Trude geht es im Moment nicht gut. Lass uns lieber noch ein paar Tage warten.«

Heidi und Doris sahen mich mit Augen an, als hätte ich angekündigt, mir ein Arschgeweih tätowieren zu lassen. Dann aber drückte sich Heidi liebevoll an mich. Dass ich mir plötzlich so viele Gedanken wegen der Tante mache, finde sie richtig rührend. Aber ich solle unbesorgt sein, sie habe bereits an alles gedacht. Friedrichs, die Nachbarn, würden wieder nach ihr sehen. Auch während unserer Norderneywoche habe das doch bestens funktioniert. Tante Trude beleidige die alten Bekannten zwar regelmäßig, bezeichne sie als üble Erbschleicher und Brunnenvergifter, aber Friedrichs hätten Humor und nähmen der Tante nichts krumm. Und außerdem gebe es ja noch das Telefon!

Wenn Heidi sich was in den Kopf gesetzt hatte, war es schwer, es ihr wieder auszureden. So einigten wir uns darauf, zumindest einen Kurztrip einzulegen. Morgen gehe es noch nicht, sagte Heidi, da habe sie für den Nachmittag einen Besichtigungstermin bei der Seniorenresidenz ausgemacht. Aber Donnerstag sollte es gleich in der Früh losgehen. Freitagabend aber wollten wir wieder daheim sein und nach der Tante sehen, darauf bestand ich und bekam von Heidi einen dicken Kuss.

7

Diesmal war Rüdiger dran, sich frisieren zu lassen. Lieber hätte er die Arbeit am PC übernommen, aber ich konnte mir schlecht innerhalb von zwei Tagen zwei Mal die Haare schneiden lassen. Rüdiger hatte mir auf einem Zettel genau notiert, wie ich zum richtigen Postfach gelangte, das er eigens zu diesem Zweck angelegt hatte. Während ich etwas umständlich auf den Tasten herumdrückte, wusste Friseur Vierzigmann die allerneuesten Neuigkeiten von der Operation Geronimo zu erzählen.

Das eigentlich Erstaunliche sei ja gewesen, dass die Terroristenbande die Hubschrauber nicht gehört hätten. Die Amis seien schließlich mit zwei Militärhubschraubern angeflogen und mitten auf dem Anwesen gelandet. Und zwar nicht mit einfachen ADAC-Hubschraubern, so leichten Libellen, sondern mit richtig schwerem Gerät. Auch wenn man Bin Laden und Co einen guten Schlaf unterstellen würde, und solche verblendeten und von der Richtigkeit ihrer Sache tausendprozentig überzeugten Menschen besäßen sicher einen besonders guten Schlaf, hätten sie doch den Hubschrauberlärm hören müssen. Er jedenfalls, so fuhr Friseur Vierzigmann fort, während er Rüdiger das Nackenhaar kürzte, würde einen Hubschrauber selbst dann noch hören, wenn er Kilometer entfernt vorbeiknattere, genauso wie die nervigen Flieger vom Nürnberger Flughafen, die jetzt ständig durch den

Erlanger Luftraum flögen. Und wenn der Pilot auf die Idee käme, bei ihm im Garten zu landen, könnte selbst der schwerste Rausch ihn nicht am Wachwerden hindern. Ich spürte, dass mich Rüdiger nervös im Spiegel beobachtete.

»Und?«, fragte ich, während ich versuchte, im Internet auf die richtige Seite zu gelangen. »Warum hat Bin Laden den Hubschrauber nicht gehört?«

Die Hubschrauber seien eben keine normalen Hubschrauber gewesen, sondern hochgerüstete Hightech-Maschinen der US-Armee, deren Rotoren aus einem besonderen Material konstruiert worden seien, das kaum lärmen würde. Sogenannte Flüsterhubschrauber seien das, extrem teuer. Umso schlimmer sei es für die Amis gewesen, dass sich einer der beiden Hubschrauber nach der Aktion nicht wieder starten lassen habe. Mit Vorschlaghämmern hätten sie ihn so weit wie möglich zerstört, um nichts Wertvolles zu hinterlassen. Die Pakistani hätten das Wrack dennoch prompt an die Chinesen verkauft, wir würden schon sehen, ruckzuck hätten die Chinesen den Flüsterhubschrauber nachgebaut und würden ihn in alle Welt verkaufen.

»Raffiniert«, sagte ich unkonzentriert. Endlich war ich auf der richtigen Seite gelandet. Unser Postfach meldete eine neue Mail! Ich klickte gespannt auf den Umschlag und las. Es waren wieder nur zwei kurze Zeilen, mehr nicht. Wie verabredet notierte ich alles auf einem Stückchen Papier. Plötzlich hörte ich den

Friseur Rüdiger besorgt fragen, ob es ihm nicht gut gehe. Bis zu mir war Rüdigers schwerer Atem zu hören. Ich drehte mich zu meinem Freund um und sah ihn unter dem braunen Frisierkittel in seiner Hosentasche fingern. Röchelnd entschuldigte er sich bei Vierzigmann, zog sein Spray hervor und atmete zwei Stöße ein.

»Fehlt Ihnen etwas?«, fragte der Friseur besorgt.

»Nein, nein«, stotterte Rüdiger, »alles in Ordnung!«

Eiligen Schrittes gingen wir hinauf zum Kanalufer, um ungestört zu sein.

»Hast du die E-Mail wieder gelöscht?«, fragte Rüdiger

»Hab ich«, sagte ich.

»Und die Website wieder geschlossen?«

»Auch das.«

Die erste Bank war belegt. Drei Jugendliche saßen auf der Lehne und rauchten. Die zweite Bank aber war frei, und so setzten wir uns.

»Und?«, fragte Rüdiger ungeduldig.

Ich zog den Zettel hervor und reichte ihn weiter: »Lies selbst!«

Rasch überflog Rüdiger die kurzen Zeilen. Der Onkel ging auf alles ein. Nur eine Bedingung stellte er: Übergabe erst am Samstag. Am Freitag liefe nichts, da sei muslimischer Feiertag.

»Also Samstag dann«, sagte Rüdiger.

Ich nickte.

Auf dem Rückweg machten wir noch einen kleinen Umweg. Am Kiosk neben dem Schulzentrum besorgten wir uns einen Lottoschein fürs Samstaglotto. Wir waren schon einige Schritte gegangen, als ich mir vor die Stirn klatschte und umkehrte.

»Bitte noch einen zweiten Schein«, sagte ich.

»Eine Million ist Ihnen wohl nicht genug«, lachte die dicke Verkäuferin und reichte mir ein zweites Formular.

Daheim hörte Heidi nicht, wie ich zur Tür reinkam. Sie saß am Küchentisch, hatte den Kopf in beide Hände vergraben und blickte auf ein Schreiben, das vor ihr lag. Ich setzte mich neben sie, und sie schob mir den Brief zu. Er war vom städtischen Gesundheitsamt, von Frau Dr. Niethammer-Nagel. Dem Antrag auf Errichtung einer Betreuung werde ärztlicherseits zugestimmt. Die Demenz sei fortgeschritten, Aussichten auf Verbesserung oder gar Heilung der Symptomatik seien nach dem Stand der Wissenschaft ausgeschlossen. Frau Dr. Niethammer-Nagel schlug Heidi als Betreuerin vor.

Ich wusste nicht, warum Heidi so bedrückt darauf reagierte. Dieses Ergebnis hatten wir doch erwartet, ja, die Betreuung selber gutgeheißen. Warum machte sie jetzt so ein Gesicht?

»Ach, das verstehst du nicht.« Sie stand auf und verließ die Küche.

Das war immer das letzte Argument. Dass man etwas nicht verstünde. Wie bin ich froh gewesen, all die Jahre einen echten Männerjob getan zu haben. Da gab es so was nicht, so ein: »Das verstehst du nicht!« Wenn man etwas nicht verstand, was vorkam, dann erklärte man es dem anderen, und die Sache war gegessen. Wenn Frauen sagten: »Das verstehst du nicht!«, bedeutete das so viel wie: »Du hast da einen Defekt in deiner emotionalen Wahrnehmung, der ist so massiv, dass jedes weitere Wort zwecklos wäre!« Sicher, auch mir war klar, dass sich Heidi um Tante Trude Sorgen machte. Aber jetzt so empfindlich zu reagieren, war doch völlig daneben. Was hatte ich ihr denn getan? Gerade in den letzten Tagen hatte ich doch weiß Gott bewiesen, wie ich mich für Tante Trude einsetzte. Was wäre denn gewesen, wenn das Gesundheitsamt der Betreuung nicht zugestimmt hätte? Dann nämlich hätten wir ein echtes Problem gehabt. Dann wäre für nichts mehr zu garantieren gewesen, und Tante Trude hätte in kürzester Zeit in den Wäldern verschwinden oder im Kanal ertrinken können. Und dann hätte ich Heidis Reaktion mal erleben wollen! Logisch war das alles nicht zu erklären!

Am Nachmittag fuhren wir an den nördlichen Stadtrand. Heidi wirkte immer noch angespannt, trotz der kleinen Verstimmung in der Früh schien sie aber froh darüber zu sein, dass ich sie begleitete. Von der Residenz am Burgberg war ich gleich begeistert. Ein freundliches, modernes Gebäude, übersichtlich und klar geschnitten und vor allem absolut behindertengerecht.

Das fing schon auf dem Parkplatz an. Wo gab es solch großzügig geschnittene Parkbuchten ein zweites Mal? Der Weg zum Eingang wurde von freundlichem Immergrün gesäumt, und nirgends gab es eine einzige Stolperstufe. Die gläserne Eingangstür öffnete sich vollautomatisch, und eine elegante Dame an der Rezeption beschrieb uns den Weg zur Station B 12, wo uns Schwester Anita erwarten würde.

Schwester Anita war eine resolute Mittvierzigerin mit rotgefärbten Haaren. Man merkte gleich, die Frau hatte ihre Station im Griff. Und sie verstand viel von Psychologie. Indem sie uns sagte, dass manche der Bewohnerinnen besonderer Pflege bedürften, bereitete sie uns geschickt auf eventuelle Überraschungen vor. Ich muss sagen, die Station war tipptopp. Der blaue Linoleumfußboden glänzte wie frisch gewienert, entlang des zentralen Ganges waren weiße Plastikhandläufe angebracht, damit niemand stürzte, geschmackvolle Drucke von silbern- und goldglänzenden Katzen vermittelten ein freundliches Ambiente. Der leichte Uringeruch war kaum wahrnehmbar und wurde zudem durch unsichtbare Rosenduftzerstäuber sanft überdeckt. Alle Schwestern trugen gestärkte weiße Kittel und liefen geschäftig auf und ab.

Die Alten saßen auf breiten Holzstühlen, manche in Nischen am Gang, andere in einem größeren Aufenthaltsraum, zu dem sich der Gang in seiner Mitte erweiterte. Fröhliche Musik erklang, auf dem riesigen Fernsehschirm spielte eine volkstümliche Kapelle eingängige Weisen vor einem strahlenden Alpenpanorama. Kaum einer der Alten allerdings schaute zu dem Bildschirm empor, die meisten schienen mit sich selbst beschäftigt. Manche dösten friedlich auf ihrem Stuhl vor sich hin, eine hagere Dame nestelte an ihrer Decke, ihre Nachbarin hatte die Augen zur Decke gerichtet und wackelte ständig mit dem Kopf hin und her und rief dazu »Hallo!«, während eine asiatische Schwester bunte Tabletten austeilte. Manche Bewohnerinnen hatten praktische Lätzchen umgebunden bekommen, einer Dame im Rollstuhl baumelte ein voller Plastikbeutel zwischen den Beinen, den die Asiatin diskret unter dem Morgenmantel verschwinden ließ. Zwei Frauen in weißen Strickjacken spielten an einem Tisch Mensch-ärgere-dich-nicht. Das Brett war extra seniorenfreundlich gestaltet, die Spielfiguren wirkten groß wie Gartenzwerge. Diskret nickend begrüßten wir die Bewohnerinnen, die uns jedoch kaum wahrzunehmen schienen.

Durch die südlichen Fenster schien die Sonne in den Raum und ließ alles in hellem Glanz erstrahlen. Ich muss zugeben, ich war sehr angetan. Während ich mich angeregt mit der kompetenten Stationsschwester unterhielt und mir alles erklären ließ, wurde Heidi immer stiller. Auch ein Zimmer zeigte man uns, es war sehr zweckmäßig eingerichtet. Einbaumöbel mit wischfester Oberfläche, ein Bett, ein Nachttischchen auf Rollen, ein Sessel und ein Fernseher in der Ecke. Dazu ein Waschbecken mit einem langen Teleskoparm.

»Damit lässt sich das Wasser fein dosieren«, sagte Schwester Anita und demonstrierte uns die Technik.

Ich nickte anerkennend. Überhaupt war alles sehr sinnvoll konstruiert. Das Bett ließ sich mittels angebrachter Fußpedale auf jede beliebige Höhe bringen, rasch ließ sich auch ein Gitter hinaufklappen, um Bettstürze zu vermeiden.

»Darf man auch eigene Möbel mitbringen?«, fragte Heidi.

Das sei aus hygienischen Gründen nicht erlaubt, verneinte die Schwester und erklärte uns die Funktion einer baumelnden Stoffkugel, die neben dem Kopfende des Bettes von der Decke hing. Damit könne im Falle eines Falles die Nachtschwester alarmiert werden. Überhaupt seien sie personell gut aufgestellt, was heutzutage keine Selbstverständlichkeit mehr sei. Einmal pro Woche kämen im Wechsel eine Friseuse und eine Fußpflegerin ins Haus. Der Doktor mache jeden Montag Visite, und freitags sei Badetag. Für Abwechslung sei ebenfalls gesorgt. Zweimal die Woche mache man Stuhlgymnastik, ein Akkordeonspieler spiele einmal im Monat auf, und mittwochs gab es für alle Malen mit Wasserfarben.

Zum Abschied schüttelte ich Schwester Anita dankbar die Hand. Ein wirklich erstklassiges Haus! Ich denke, Tante Trude wird sich hier sicher wohl fühlen. – Weglaufen? Nein, da könnten wir ganz beruhigt sein, lachte Schwester Anita, die Türen ließen sich nur mit einem Schlüssel öffnen. Hier wäre es noch niemandem gelungen wegzulaufen.

Heidi sagte kein Wort. Nicht, als wir zurück zu unserem Auto gingen und auch während der Autofahrt nicht. Ich drang nicht in sie. Ich kannte sie zu gut. Sie brauchte bei solchen Dingen immer etwas Zeit. Dann aber würde auch sie erkennen, dass die Seniorenresidenz die perfekte Lösung für Tante Trude war.

8

Donnerstag brachen wir in aller Herrgottsfrüh auf. So machten wir das immer. Der frühe Vogel fängt den Fisch, oder so ähnlich. Nur ein kleines Frühstück daheim, um uns dann so richtig auf das ausgedehnte Frühstück auf unserem Campingplatz zu freuen. Doris hatte sich wie immer perfekt um die Verpflegung gekümmert, im Kofferraum standen zwei pickepacke vollgeladene Kühlboxen. Unterwegs hielten wir noch bei unserem Metzger, der aus einem Dorf in der Fränkischen Schweiz kam, ein echter Geheimtipp, und deckten uns mit Leberwurst ein und mit Fleisch zum Grillen, das schöne Wetter sollte nämlich noch anhalten. Beim Campingplatz angekommen, machten wir uns sogleich an die Arbeit. Wir waren ein eingespieltes Team, jeder wusste genau, was er zu tun hatte. Die Frauen befüllten den Kühlschrank und bezogen die Betten, während Rüdiger und ich den Vorplatz säuberten, den Campingtisch aufbauten und den Sonnenschutz aufspannten. Jeder Handgriff saß und keine halbe Stunde später saßen wir auf unseren Campingstühlen im Freien und ließen uns das zweite Frühstück schmecken.

Während unsere Damen Kaffee tranken, genehmigten Rüdiger und ich uns das erste Weißbier. Also, der erste Schluck, noch dazu an einem sonnigen Tag in freier Natur, da geht doch nichts drüber! Zwischen dem zarten Grün der Birken sah man den kleinen

Brombachsee glitzern und hinten links den Anleger mit den Segelbooten. Ich prostete Rüdiger zu und stieß auf unsere Frauen an. Und sah sie schon dort liegen, vor meinem geistigen Auge, unsere »Schwalbe«. Zugegeben, unter den anderen Booten waren auch ein paar hübsche Exemplare, aber keines kam an unsere »Schwalbe« heran. Sie würde die eindeutige Königin des kleinen Brombachsees sein. Klar, es würde eine Menge zu putzen geben, so ein Boot braucht Pflege. Aber solch eine Arbeit war doch das reinste Vergnügen! Ein Campingnachbar hatte uns mal gnädigerweise zu einer Segelpartie mitgenommen. Segeln war komplizierter, als es aussah. Natürlich würden wir einen Kurs besuchen oder am besten einen eigenen Lehrer chartern, der uns in alle Geheimnisse einwies. Und dann ging's ab. »Sail away, dream your dreams«, wie's in der Werbung hieß. Aber bitte mit einem gescheiten fränkischen Bier.

»Und?«, fragte Doris, »wie war's in der Seniorenresidenz?«

Doris besaß das Talent, zum falschen Zeitpunkt die falschen Fragen zu stellen. Wir sind doch zum kleinen Brombachsee gefahren, um uns zu erholen, nicht um Probleme zu wälzen.

Heidi schüttelte nur den Kopf und sagte leise, aber bestimmt: »Ein Altenheim kommt nicht in Frage!«

Ich wollte mir den Tag nicht verderben lassen und beschloss, nichts dazu zu sagen. Die Seniorenresidenz war ohne Alternative, ein Muss! Die Demenz würde weiter fortschreiten, hatte Heidi denn schon wieder vergessen, was die Frau Doktor geschrieben hatte? Doris nickte wie immer und sagte, sie könne Heidi so gut verstehen. – Oh, diese ewigen Menschenversteher! Sie waren ja solch gute Seelen! Nun konnte ich doch nicht mehr an mich halten. Doris ertrug es ja nicht mal, Tante Trude überhaupt noch zu besuchen.

»Doch nur, weil Tante Trude mich ständig mit einer nörgelnden Kundin verwechselt«, verteidigte sich Doris beleidigt.

»Sie verwechselt nicht nur dich, sie verwechselt uns alle.« Meine Stimme wurde lauter. »Sie hält Rüdiger und mich für ihre Gärtner, glaubt, einen Mann zu haben, der in ihre Tiefkühltruhe eingezogen ist!«

Den letzten Satz hätte ich mir verkneifen sollen, ich weiß schon, er war mir so rausgerutscht, und er war auch nicht ganz fair. Rüdiger jedenfalls wurde ganz bleich, gleich würde er wieder nach seinem Asthmaspray fingern.

»Aber das ist doch alles völlig harmlos«, rief Heidi, »Tante Trude tut doch keiner Fliege was zuleide!«

»Und wenn sie wieder der Wandertrieb befällt?«, sagte ich. »Ich weiß nicht, was du hast, die Seniorenresidenz ist doch die optimale Lösung!«

»Optimale Lösung nennst du das?« Heidi richtete sich abrupt auf. »In diesen Seniorenknast werde ich sie nicht stecken. Nie, nie, niemals!«

Wenn Heidi ungerecht werden wollte, dann konnte sie keiner stoppen. Seniorenknast! Was Heidi nur hatte? Die Residenz war supersauber und genau für Frauen wie Tante Trude gebaut. »Sie wird dort rund um die Uhr betreut, und du kannst sie doch jederzeit besuchen.«

»Außer, der Akkordeonspieler ist gerade da, oder sie tanzen im Sitzen!«, lachte Heidi höhnisch auf.

»Und was schlägst du, bitte schön, vor?«, fragte ich, »was machst du, wenn Tante Trude im tiefen Winter mit Badeschlappen und Morgenmantel zum Entenfüttern am Kanal entlangspaziert? Wenn sie plötzlich meint, am anderen Ufer steht die Liebe ihres Lebens, und sie muss zu ihr hinüberschwimmen?«

»In der Zeitung habe ich von einer Familie gelesen, die haben eine Polin engagiert«, sagte Heidi.

»Einen Aufpasser?«

»Nenn es, wie du willst. Jedenfalls könnte Tante Trude in ihrem Häuschen bleiben.«

»Weiß du, was das kostet?«, rief ich.

Erstaunlicherweise wurde es dann doch noch ein richtig harmonischer Tag. Nach dem Brunch gingen wir zu viert am Seeufer spazieren und genossen die warmen Sonnenstrahlen. In das kleine Café am Hafen kehrten wir ein, und wir Herren ließen uns unser zweites Weißbier schmecken. Dann rief ich »Überraschung!« und zog den Lottoschein hervor. Tatsächlich machten sich Heidi und Doris nach anfänglichem Zögern daran, die Kreuzchen zu setzen. Sie seien unsere Glücksfeen, turtelte Rüdiger, und wir prosteten uns augenzwinkernd zu. Dann fantasierten wir zu viert, was wir mit der Million anfangen würden. Als die Rede auf das Segelboot kam, lachte Heidi und sagte, ein Segelboot gäbe es nur, wenn sie ihre Jacketkronen bekäme.

»Jacketkronen? Ein Gebiss aus edelstem Gold sollst du haben!« Ich war in Spendierlaune. Heidi aber verzog das Gesicht, Jacketkronen würden ihr völlig reichen.

»Und ich kaufe mir einen Herd mit Induktionsspulen«, verriet uns Doris. Auf so einem Herd würden die Profis kochen, das habe sie jüngst bei einer Fernsehkochshow gesehen.

»Ach, was, Schneckla«, trompetete Rüdiger in einer plötzlichen Anwandlung, »du brauchst überhaupt nicht mehr zu kochen, ich führ dich jeden Tag zum Essen aus!«

Darüber war Doris so gerührt, dass sie Rüdiger spontan auf die Wange küsste. Was eine Million doch alles anstellen kann! Auch Rüdiger kam sich plötzlich richtig großartig vor. Und er legte noch eins drauf: »Und dein nächstes Gelenk lassen wir von einem Top-Spezialisten in Amerika einsetzen!«

Darauf aber reagierte Doris verschnupft. Sie habe eigentlich nicht vor, sich ein weiteres Mal operieren zu lassen, sagte sie nur kühl, mit ihrem linken Knie sei noch alles völlig in Ordnung.

»Ich meine ja auch nur, im Falle eines Falles«, versuchte Rüdiger, seinen Fehler wieder gutzumachen, Doris' Schmollmündchen aber verschwand erst nach einer Weile. Weil es am Wasser so schön war, genehmigten wir Männer uns noch ein drittes Weißbier. Während unsere Frauen einen kleinen Imbiss vorbereiteten, machten Rüdiger und ich mit den Gläsern in der Hand einen kleinen Spaziergang am See entlang. Lachend stieß ich ihn an. Da wollte noch jemand sein Segelboot verkaufen! Ein Schild hatte er an den Kahn gebunden mit einer Telefonnummer darauf. Aber was für ein Schiff war das! Wer um alles in der Welt kaufte denn so einen heruntergekommenen Klapperkahn? Überall blätterte die Farbe ab, und die Planken der winzigen Jolle schienen schon zu modern. Wir stießen mit unseren Weißbiergläsern an, und ich zwinkerte Rüdiger zu: »Auf das schönste Segelboot der Welt!«

Abends warfen wir Männer den Grill an, und bald schon lag jener einmalige Geruch von Rauch und würzigem Fleisch in der Luft, den wir alle so liebten. Ich hatte die Kohle zum Glühen gebracht, Grillmeister aber war Rüdiger, das ließ er sich nicht nehmen. Mit unglaublicher Akribie legte er die Fleischstücke nebeneinander und sorgte durch ein ausgetüfteltes, genau getimtes Wendesystem dafür, dass alles auf den Punkt durchgarte. Nachdem wir es uns hatten schmecken lassen, öffneten Rüdiger und ich uns noch ein letztes Weißbierfläschchen, und die Damen blätterten in den Illustrierten, die sie wie immer dem Altpapiercontainer am Ausgang des Campingplatzes entnommen hatten. »Was die Leute so wegschmeißen«, pflegten sie dann kopfschüttelnd zu sagen.

Auch in den Illustrierten wurde das Schicksal Bin Ladens lebhaft diskutiert. »Stellt euch vor«, informierte uns Doris, »dieser Bin Laden hat über fünfzig Geschwister gehabt.«

»Kein Wunder, dass er zum Extremisten wurde«, fand ich, »mich hat schon eine Schwester in den Wahnsinn getrieben!«

Heidi sah mich streng an. Wenn sie nicht gewesen wäre, hätten wir überhaupt keinen Kontakt mehr zu Brigitte. Heidi aber sah es als ihre Aufgabe an, die Familie zusammenzuhalten.

»Bei so vielen Geschwistern mag es wirklich schwierig sein, seine Individualität zu bewahren«, meinte Heidi.

»Und dann stammte Obama auch noch von einer Sklavenfrau ab«, sagte Doris.

»Erstens meinst du Osama und nicht Obama, und zweitens gibt es längst keine Sklaven mehr«, korrigierte ich.

»Wenn's hier doch steht: Osama Bin Laden ist der Sohn einer Sklavenfrau!«

Schnell waren sich die Frauen einig, dass hierin der Schlüssel zu Bin Ladens weiterem Schicksal zu sehen war. Als Sohn einer Sklavenfrau habe er nicht das Ansehen der übrigen Geschwister gehabt, sei sich fürchterlich minderwertig vorgekommen und habe darum versucht, durch spektakuläre Aktionen diese Kränkung zu überwinden.

»Entschuldigt, ihr Lieben«, ich musste den Kopf schütteln, »aber das ist doch Quatsch mit Soße! Der Kerl ist einer der größten Verbrecher der Welt, und ihr versucht, ihn durch eine schwere Kindheit zu entschuldigen. Wenn's danach ginge, hätte ich schon längst Terrorist werden müssen!«

»Ich wüsste nicht, dass du von einer Sklavenfrau geboren worden wärest«, bemerkte Heidi spitz.

»Ach, was! Was heißt schon Sklavenfrau! In Arabien ist es üblich, dass die Männer mehrere Frauen haben. Das ist dort völlig normal.«

»Aber wenn die anderen Frauen keine Sklavenfrauen waren und nur seine Mutter, dann macht es eben doch einen Unterschied«, erwiderte Heidi.

»Man kann's auch anders sehen«, wandte ich ein, »die anderen Frauen hat Bin Ladens Vater vielleicht aus dynastischen Erwägungen geheiratet, die Sklavin aber aus Liebe!«

Bei diesen Worten seufzte Doris auf. Die Vorstellung, dass Bin Laden ein Kind der Liebe war, musste bei ihrem romantischen Gemüt auf fruchtbaren Boden fallen. »Umso schlimmer für den kleinen Osama«, säuselte sie, »Kinder der Liebe haben es im Leben nie leicht!«

Nun reichte es aber. Jetzt versuchten nicht nur die Leute von al-Qaida, jetzt versuchten auch noch unsere Frauen, einen Märtyrer aus dem Kerl zu machen. Nur, weil die bunten Blätter meinten, ihre Küchenpsychologie unter die Leute bringen zu müssen! Es war höchste Zeit, ins Bett zu gehen. Während Rüdiger und Doris auf die Klappbetten krochen, machten Heidi und ich es uns im hinteren Teil des Wohnwagens gemütlich.

Ob der Onkel die Million schon beisammen hatte? Bestimmt! Sicher hatte er in seinem Tresorraum Geldkoffer in allen Größen vorrätig. Er brauchte nur ein paar Goldbarren beiseiteräumen, schon hatte er, was er brauchte. Und dann ab mit dem Koffer nach good old Germany! Im Privatjet natürlich. Rundum zufrieden drehte ich mich auf die Seite, konnte aber nicht gleich einschlafen. Zu viel ging mir durch den Kopf und außerdem sägte Rüdiger, als wolle er den ganzen Frankenwald abholzen. Hatte wohl ein Weißbier zu viel getrunken. Ob sein Asthmaspray auch gegen das Schnarchen half? Ich hatte nicht übel Lust, ihm zwei Hübe in den Mund zu blasen! Schnell gab ich Heidi einen Kuss und ging nochmal an die frische Luft.

Die Nacht war mild und klar. Schwarz glänzten die Wellen des Brombachsees, die schlanken Rümpfe der Schiffe hoben sich deutlich dagegen ab. Bald würde auch unsere »Schwalbe« dort liegen! Und wenn Rüdiger wieder einmal zu schnarchen anfangen sollte, was soll's? Dann packte ich einfach mein Nachtkissen und zog in die Kajüte um!

9

Ich hatte keine Ahnung, wie spät es war, als plötzlich »Freude, schöner Götterfunken« erschallte. Wie von der Tarantel gestochen hüpfte Heidi aus dem Bett und suchte fieberhaft ihr Handy. Nach der fünften Strophe hatte sie es gefunden. Es war Tante Trude. Doris und Rüdiger waren längst wach geworden, es war also völlig unnötig, mit dem Handy nach draußen zu stürzen. Ich lag hellwach in den Kissen und lauschte in die Nacht. Was mochte passiert sein? So spät hatte Tante Trude erst einmal angerufen. Damals hatte sie die Feuerwehr rufen wollen, war aber durch unsere Spezialschaltung auf Heidis Handy gelandet. Eine Katze habe sich auf ihren Pflaumenbaum verirrt und komme nicht mehr runter. Tante Trudes Pflaumenbäumchen war kaum größer als Tante Trude selbst, und als ich bei der Tante ankam, war die Katze, wenn es überhaupt eine Katze gewesen war und kein Eichhörnchen, längst über alle Berge. Bestimmt war es diesmal eine ähnliche Katastrophe. Dennoch konnte ich nicht gleich wieder einschlafen und wartete, bis Heidi zurückkam. Alles sei in Ordnung, wisperte sie, wir sollten nur ruhig weiterschlafen.

»Was war denn?«, flüsterte ich.

»Nichts.« Heidi war kurz angebunden und drehte sich rum.

»Sag schon!«

»Damit du wieder mit dem Heim anfängst?«

»Jetzt sei nicht albern. War wieder ein Eichhörnchen in ihrer Pflaume?«

»Die Sicherung ist rausgeflogen, und sie sitzt im Dunkeln.«

»Soll sie die Sicherung wieder reinhauen!«

»Sie findet den Kasten nicht, es ist zu dunkel.«

»Und was macht sie jetzt?«

»Ich hab ihr gesagt, sie soll einfach schlafen gehen. Morgen rufe ich die Friedrichs an und bitte sie vorbeizuschauen.«

»Warum ist die Sicherung denn rausgeflogen?«

Heidi schwieg.

»Nun sag schon, Mäuschen!«

»Nur wenn du versprichst, es nicht rumzuerzählen!«

»Versprochen!«

»Das Klo war verstopft.«

»Und?«

»Tante Trude hat versucht, die Verstopfung mit dem Küchenquirl zu beseitigen.«

Mensch Meier! Wenn es nicht so tragisch wäre, hätte ich laut lachen müssen. Aber die Geschichte war nicht zum Lachen. Ich sagte ja, die Tante musste dringend ins Heim und zwar besser gestern als heute. Zu Heidi aber sagte ich nichts mehr, es war der falsche Moment. Vielleicht kam sie ja jetzt selbst darauf. Wer wusste denn schon, auf welche verrückte Idee Tante Trude das nächste Mal verfallen würde? Vielleicht ging sie mit dem Pürierstab gegen ein Wespennest vor oder sie legte sich in der Badewanne das Heizkissen unter den Po.

Es war gefährlich, lebensgefährlich! Und maximal unverantwortlich, sie weiter in ihrem Häuschen zu lassen. Das hatte nichts mehr mit Liebe zu tun, das war schlichtweg nur noch Dummheit. Und für Tante Trude wäre es wahrscheinlich überhaupt nicht schlimm umzuziehen. Man müsste es ihr nur richtig verkaufen, müsste ihr zum Beispiel erzählen, ihr Chef von der Heka habe nach ihr gerufen. Sie hätten eine neue Filiale aufgemacht. Mit ganz vielen alten Kunden. Und man brauche sie nun dringend. Das war keine Verarsche, das war eine barmherzige Notlüge!

Nein, es lag nicht an Tante Trude, es lag an Heidi. Sie war es, die an dem Häuschen hing, an der Vorstellung, die Tante ihrer Kindheit würde ihr auf ewig erhalten bleiben, die glaubte, es müsse für immer so weitergehen. Natürlich verstand ich, was Tante Trude Heidi alles bedeutete, natürlich wusste ich, was die Tante alles für Heidi gemacht hatte. Kaum ein Tag, an dem Heidi mir nicht davon erzählte. Sogar zur Lehrerin war Tante Trude gelaufen, um zu erklären, warum Heidi sich vor dem Schulklo fürchtete. Sie war wie eine Mutter für sie gewesen, ohne Zweifel. Der eigenen Mutter hätte Heidi ihre Nöte niemals anvertraut. Die Zeit aber veränderte alles, und an der Vergangenheit festzuklammern, hieß doch nur, sich etwas vorzumachen. Tante Trude war nicht mehr die Tante Trude von einst. Was musste denn noch alles geschehen, bis Heidi das begriff?

Jetzt aber hieß es endlich schlafen. Morgen würde ich hübsch gerädert sein. Tante Trude ratzte sicher schon selig, während wir uns hier den Kopf wegen ihr zerbrachen.

In diesem Moment durchzuckte mich ein schlimmer Gedanke. Die Sicherung war rausgeknallt und zwar offensichtlich die Hauptsicherung. Das aber hieß, auch die Tiefkühltruhe bekam keinen Saft mehr. Bin Laden taute auf!

In nicht einmal einer Minute hatte ich alle wach gekriegt. Wir müssten los und zwar sofort!

»Warum denn?«, fragte Doris, rieb sich die Augen und schaute uns sichtbar genervt an.

»Frag Horst, es war seine Idee«, sagte Heidi.

»Tante Trude braucht unsre Hilfe«, rief ich.

»Aber Horst, sie schläft doch schon längst wieder«, protestierte Heidi.

Als Rüdiger hörte, was geschehen war, begriff er sofort. »Nein, wir warten keine Sekunde, wir müssen auf der Stelle los.«

Doris und Heidi sahen sich an, als träumten sie. Das gab's doch nicht! Rüdiger machte sich wegen Tante Trude Sorgen? Man sah es den Frauen an, sie wunderten sich, was in letzter Zeit in uns Männer gefahren sein mochte. Wie spät war es denn eigentlich? Gerade erst zwei Uhr.

»Also, wenn ihr unbedingt wollt, dann fahrt«, brummte Doris, »ich jedenfalls lege mich wieder ins Bett!«

So fuhren wir Männer denn los. Heidi wollte Doris nicht alleinlassen. Und außerdem kämen wir Männer ja hervorragend ohne sie zurecht, hatte Doris uns noch hinterhergerufen. Sei ja nur ein technisches Problem, und dem Ingeniör sei schließlich nichts zu schwör! Heidi aber sah ich an, dass sie tief bewegt war, und sie küsste mich zum Abschied zärtlich: »Fahrt vorsichtig, ihr habt doch was getrunken!«

Nachtfahrten mit dem Auto habe ich immer schon besonders geliebt. Gerade, wenn es über Landstraßen ging. Im Kegel des Scheinwerferlichts entfaltet die Nacht einen ganz eigenen Zauber. Diesmal aber war ich ziemlich angespannt. Tante Trude war ein echter Risikofaktor.

»Und wenn wir die Gelegenheit nutzen, ihn umzubetten?«, fragte ich zum gähnenden Rüdiger.

»Umzubetten? Wie meinst du das?«

»Wenn wir ihn solange bei uns in die Kühltruhe legen? Ist ja nur für die eine Nacht!«

Rüdiger glotzte mich an, als hätte ich vorgeschlagen, Bin Laden zu ihm ins Bett zu legen. Das Ganze war aber auch eine Schnapsidee gewesen, das wurde mir gleich selbst klar. Schließlich hatten wir den Plan zur Übergabe mit genauesten Instruktionen wie und wo doch bereits verschickt. Und außerdem war die Gefahr der Entdeckung bei uns daheim viel größer. Nein, Bin Laden blieb bei Tante Trude. So sehr sie auch für Überraschungen gut war, bei ihr war er noch am besten aufgehoben.

Um drei Uhr kamen wir an ihrem Häuschen an. Die ganze Siedlung schien zu schlafen, alle Rollos waren heruntergelassen, nur der orangefarbene Schein der Straßenlaternen lag auf dem Pflaster. Überall duftete betörend der Flieder. Kann es sein, dass er nachts stärker duftet als am Tage? Ich zückte den Schlüssel, und wir traten leise ein. Im Haus war es vollkommen still. Tante Trude schien tatsächlich zu schlafen.

Der Sicherungskasten war schnell gefunden, er befand sich gleich neben dem Kellerabgang. Als Rüdiger jedoch den Schalter der Hauptsicherung aktivierte, gab es einen Knall, und sie flog sofort wieder raus. Mist! Wir blickten uns an. Na, da musste der Quirl wohl noch im Klo stecken! Genauso war es. Mit angewidertem Gesicht packte ich das Gerät, um das sich jede Menge Papierfetzen gewickelt hatten, und trug es am langen Arm nach draußen, wo ich es in die Restmülltonne warf. Dann drückte ich die Spülung und war über das Ergebnis überrascht: Das Wasser lief wieder einwandfrei! Wenigstens hatte die Tante mit ihrer ungewöhnlichen Methode Erfolg gehabt. Quirl dein Klo frei! Sachen gibt's, die gibt's gar nicht. Der Sicherungsschalter ließ sich nun brav wie ein Lämmchen zurück in die gewünschte Position schieben. Das also wäre geschafft!

Darauf eilten wir in den Keller, besser gesagt, ich eilte, und Rüdiger kam zögernd hinterhergeschlichen. Viel konnte eigentlich nicht passiert sein. Höchstens zwei Stunden waren ja vergangen, und wenn etwas so richtig durchgefroren war, dann taute es nicht so leicht wieder auf. Das wusste ich von unserer Martinsgans.

Spätestens am Vorabend musste man sie dem eisigen Grab entnehmen. Als ich jedoch den Deckel der Kühltruhe hob, knallte ein Hammer auf mich nieder. Und was für ein Hammer!

»Allmächt!«, stammelte ich, »was ist denn hier passiert?«

Rüdiger traute sich kaum näherzutreten. »Um Gottes willen«, rief auch er, »wer hat denn das angestellt?«

Bin Ladens Gesicht war rasiert. Der stolze Bart war verschwunden! Da, wo vorher die lockige Pracht geglänzt hatte, waren nur noch unordentliche Stoppeln zu sehen. Jetzt sah er endgültig aus wie ein Verbrecher.

»Schaut er nicht schön aus, mein Willi?«, tönte es plötzlich hinter uns. Tante Trude!

Peng, ließ ich den Deckel wieder fallen. Völlig verdattert sah mich Rüdiger an, und auch ich hatte keine blasse Ahnung, was jetzt zu tun war.

»Seid ihr die Schneider, die meinem Willi den Anzug nähen?«, fragte Tante Trude uns schelmisch.

Geistesgegenwärtig nickte ich mit dem Kopf und bedeutete Rüdiger, es mir gleichzutun.

»Ja, ja, gewiss«, sagte ich, »wir haben das Maß bereits genommen. Es wird ein schöner Anzug werden!«

»Fein«, freute sich Tante Trude, »dann könnt ihr ja jetzt bei mir weitermachen! Ich wünsche mir ein Kleid, wie es Lady Di getragen hatte, mit solch einer langen Schleppe!«

»Ein ander Mal«, vertröstete ich sie. Es sei schon spät und Zeit, ins Bett zu gehen.

Da aber wurde die Tante streng. O nein, das ginge aber überhaupt nicht! Schließlich sei die Hochzeit schon morgen, das Kleid müsse dringend gemacht werden.

Darauf raffte sie ihr hellgrünes Nachthemd und rief: »Macht schon, nehmt endlich Maß!«

Natürlich musste ich wieder ran, Rüdiger hielt sich überall bequem raus. Womit aber sollte ich messen? Ich blickte mich um. Kein Band, keine Schnur in Sicht. Da fiel mein Blick auf Rüdigers Gürtel. »Wenn du so freundlich wärest, lieber Schneidergesell!«

Rüdiger hielt sich seine Hose mit den Händen fest, während ich begann, mit seinem Gürtel die Maße der Tante zu nehmen. So rasch wie möglich wollte ich die Sache hinter mich bringen, Tante Trude aber beschwerte sich. Das Kleid müsse richtig sitzen, forderte sie, ich solle die Taille nur nochmal nachmessen.

»Gepfuscht wird nicht, nicht wahr, mein Herr?«, mahnte sie, während ich ungeschickt den Gürtel um sie schlang.

»Jetzt die Oberweite«, verlangte sie und hob die Hände wie eine Primaballerina zur Kellerdecke.

Das nicht, bitte das nicht!

»Na los doch«, lachte die Tante, »man könnte meinen, du wärst ein pickliger Sextaner!«

Mit einer schnellen Bewegung schob ich den Gürtel nach oben. Er reichte gerade eben aus.

»Na siehst du, geht doch«, freute sich die Tante, die immer mehr Gefallen an der Vorstellung zu finden schien. »Mit der Hochzeit müssen wir uns schließlich beeilen«, sagte Tante Trude, und ihren Mund umstrahlte ein glückliches Lächeln. »Ihr Schneider seid nicht dumm, ihr seid Männer von Welt und schon viel herumgekommen, ihr wisst schon, warum!«

Um Himmels willen, das auch noch! Würde die Tante jetzt noch eine komplette Babyausstattung bei uns bestellen wollen? Doch damit verschonte sie uns zum Glück. Eine Veränderung ging mit ihr vor. Plötzlich schien sie uns gar nicht mehr wahrzunehmen. Tanzend bewegte sie sich über den schmutzigen Kellerboden, wieder summte sie ihren Lieblingswalzer versonnen vor sich hin und wirkte völlig entrückt.

»Komm schon«, zischte Rüdiger mir zu, »lass uns verduften!«

Draußen setzten wir uns sogleich ins Auto.

»Fahr endlich los«, rief Rüdiger, der sichtlich froh war, von hier wegzukommen.

Doch ich hatte so ein seltsames Zwicken in den Gedärmen, ich spürte, hier war noch etwas zu erledigen. Dann fiel es mir ein, und ich klatschte mir an die Stirn. Der Bart, natürlich! »Mensch, Rüdiger, so können wir Bin Laden nicht übergeben, nicht in diesem Zustand!«

»Wieso?«

»Leichenschändung ist das.«

Rüdiger sah mich groß an. »Leichenschändung? Wieso? Meinen Opa haben sie auch noch rasiert, als er schon tot war.«

»Bei uns ist das okay«, erklärte ich ihm, »für einen Moslem aber nicht. Erst recht nicht für solche Extremisten. Das wäre, als hätte man deinem Opa die Nase abgeschnitten. Mindestens!«

Das mit dem Bart war eine Katastrophe. Damit hatte Tante Trude uns das Grab geschaufelt. Ein gläubiger Moslem ohne Bart, das war nicht vorstellbar, beim Barte des Propheten!

»Schieben wir alles auf die Amerikaner«, meinte Rüdiger.

»Ganz schlau! Und das Foto? Wie erklären wir dem Onkel, dass Bin Laden da noch seinen Bart hatte?« Nein, wir mussten nach einer anderen Lösung suchen. Und mir fiel nur eine ein. »Wir müssen Bin Laden seinen Bart wieder ankleben!«

Rüdiger erklärte mich für komplett verrückt. Unvermittelt platzte es aus ihm heraus, der ganze Stress, seine ganze Anspannung, die Übermüdung, alles entlud sich mit einem Schlag, und ich war natürlich mal wieder der Sündenbock. Alles was recht sei, aber da mache er nun wirklich nicht mehr mit. Diese ganze verrückte Idee stamme ausschließlich und allein von mir, er hätte den Deal mit der Bild-Zeitung gemacht und fertig! Alles wäre längst in Butter, aber nein, ich könnte ja den Hals nicht vollkriegen, und jetzt hätten wir den Schlamassel. Bin Laden seinen Bart wieder anzukleben, also das sei das Verrückteste, was er je gehört habe! Wie viele Bärte ich denn schon so angeklebt hätte? Ob ich etwa an einen alten Nikolausbart dächte? Vorsicht, Vorsicht! Der sei gefährlich christlich, da sollte ich nur gut aufpassen! Sonst sei ich gleich hinüber!

Ich ließ ihn reden und blickte starr geradeaus. Zwei Probleme waren zu lösen. Wo bekamen wir einen täuschend echt aussehenden Bart her? Und wenn wir ihn hatten, wie sollten wir ihn befestigen? Zu Problem Numero eins: Der Bart von Bin Laden war ein ziemliches Unikum. Einen solchen Bart zu besorgen und das in der Kürze der Zeit, war ziemlich ausgeschlossen. Ich schaute zu Rüdiger hinüber.

Der schien meine Gedanken zu lesen. Mit einer heftigen Bewegung griff er sich ans Kinn und rief: »Vergiss es, meinen Bart kriegst du nicht!«

»Beruhige dich, daran hätte ich niemals gedacht!«, erwiderte ich. Das war gelogen. Aber selbst wenn Rüdiger seinen Bart hergegeben hätte ... lieber einen Bin Laden ohne Bart als mit diesem Gezausel am Kinn! Es gab nur eine Möglichkeit: Irgendwo musste der Bart von Bin Laden doch sein. Wo hatte ihn Tante Trude bloß entsorgt? Aus dem Kellerschacht sahen wir Licht brennen. Ob Tante Trude noch Walzer tanzte?

»Bin gleich wieder da«, sagte ich und sprang aus dem Wagen. Es war besser, Rüdiger da rauszuhalten. Seine Nerven wurden zunehmend schlechter. Gut, dass er sich zur Frührente entschlossen hatte, das erkannte ich jetzt mit aller Deutlichkeit. Mit diesem Nervenkostüm wäre er auch im Beruf über kurz oder lang gescheitert. Eher über kurz als über lang.

Tante Trude tanzte tatsächlich noch. Diesmal Tango, wie es aussah, sie machte lange wiegende Schritte und warf dann plötzlich ihren Kopf zur Seite. – Wo der Bart hingekommen sei? Tante Trude hielt inne und sah mich an. Sie schien zu überlegen. Dann huschte ein Lächeln über ihr Gesicht: Das kleine Geheimnis würde sie mir beim Tanz ins Ohr flüstern! Und schon hatte sie eine Tango-Melodie angestimmt. Doch bevor sie nach mir griff, drehte sie sich mit einer behänden Bewegung zur Tiefkühltruhe, kontrollierte, ob der Deckel gut verschlossen war, hob ihn dann doch nochmal an und warf einen Kussmund hinein: »Gute Nacht, Willi!«, worauf sie den Deckel wieder sanft verschloss. »Wir wollen ihn ja nicht unnötig eifersüchtig machen«, sagte die Tante, und eh ich mich's versah, fingen wir an zu tanzen.

»Du tanzt sehr gut, Schneiderlein«, flüsterte sie mir ins Ohr, während sie mich im Tangorhythmus energisch zur anderen Seite riss.

»Der Bart«, bettelte ich, »bitte, Tante Trude, wo ist der Bart!«

»Der Bart?«, fragte Tante Trude, »na, wo mag das doofe Bärtchen schon sein? In der Biotonne natürlich!«

Zum Glück schien auch Tante Trude ans Ende ihrer Kräfte zu kommen. Alle Eleganz fiel plötzlich von ihr ab, und von einem Moment auf den anderen war sie keine Braut mehr, sondern nur noch eine arme, alte Frau.

»Zeit, ins Bett zu gehen«, sagte ich, und ohne Widerstand zu leisten, ließ sich Tante Trude von mir nach oben führen.

»Gute Nacht!«

»Gute Nacht!«

Wenn ich etwas hasste, war es, im Müll zu suchen. Manchmal war das unvermeidlich, etwa weil Heidi beim Kehren eine wichtige Schraube der Fernbedienung entsorgt hatte, die ich zum Batteriewechsel beiseitegelegt hatte. Am widerlichsten aber war die Suche im Biomüll. Mühsam und durch den Mund atmend leuchtete ich die Tonne mit meinem Handy aus. Den Inhalt zu beschreiben, erspare ich mir. Die Hälfte von Heidis liebevoll zubereiteten Speisen fand sich hier im Stadium der Verwesung. Warum Heidi überhaupt noch für Tante Trude kochte, blieb mir schleierhaft. Erstens aß Tante Trude eh kaum noch was, und zweitens schien es ihr völlig egal zu sein, was sie aß, auch wenn Heidi lebhaft das Gegenteil behauptete. Hier jedoch war der Beweis, hier in der Tonne. Jeden Schwur hätte Heidi geleistet, dass nur ihr Essen Tante Trude schmecken würde. Und nun das hier!

Angeekelt schob ich mit einem Stöckchen ein paniertes Schnitzel beiseite und ließ das Handy aufleuchten. Was für ein Glück! Genau unter dem Schnitzel lagen die traurigen Reste des Bartes, den die Tante offensichtlich mit einer Schere abgeschnitten hatte. Hoffentlich war es wenigstens kein Schweineschnitzel, dachte ich mit bitterem Ingrimm. Mühsam fingerte ich ein Taschentuch aus meiner Hosentasche und griff mit spitzen Fingern zu. Es fühlte sich nicht gut an. Ein weiteres Mal fischte ich in der Tonne und leuchtete nochmal hinterher. Das müsste es gewesen sein. Problem eins war gelöst!

Für Problem zwei kam mir eine geniale Idee. Statt in Tante Trudes Wohnung nach irgendeinem Kleber zu suchen, ging ich in die Küche und öffnete den Kühlschrank. Wieder kam mir das Glück zur Hilfe, zwei Eier verloren sich noch im Türeinsatz. Das müsste reichen. Mit schnellem Griff hatte ich die Eier aufgeschlagen und das Eiweiß vom Dotter getrennt. Doch Mist! Jetzt brauchte ich den Quirl und den hatte ich doch im Müll entsorgt. Nahm das denn kein Ende?

Ich überlegte, die Sache wieder abzublasen, überwand mich dann jedoch ein weiteres Mal, lief hinaus, kramte den Quirl aus der Restmülltonne und fuhr mit ihm kräftig durch Tante Trudes Regenwasserwanne, bis ich das Gefühl hatte, auch den letzten Rest Klopapier entfernt zu haben. Dann lief ich wieder ins Haus, in die Küche und steckte den Quirl an. Wieder hatte ich unerhörtes Schwein: Der Quirl funktionierte tatsächlich noch! Auch wenn er ziemlich eierte. Gerade wollte ich damit beginnen, das Eiweiß zu schlagen, als sich eine Hand auf meine Schulter legte. Ich leide nun wirklich nicht an Nervenschwäche, aber das war selbst für mich zu viel. Der Quirl fiel mir aus der Hand, worauf ein meckerndes Lachen ertönte. Rüdiger! Mensch, was sollte denn der Blödsinn!

»Wollte nur mal sehen, was du hier treibst«, sagte er und grinste immer noch. Offensichtlich bereitete es ihm ein großes Vergnügen, mich derart erschreckt zu haben. Endlich war er mal der Starke. Toll, ganz toll! Der Quirl jedenfalls war jetzt endgültig hinüber. Eine echte Hilfe war er mir, der gute alte Rüdiger. Als ich ihm muffig erklärte, was ich vorgehabt hatte, nichts klebt besser und natürlicher als Eischnee mit Zucker, verbreiterte sich sein Grinsen nochmals.

»Warum so kompliziert?«, fragte er.

»Was schlägst du denn vor?«, fragte ich genervt zurück.

»Das Allereinfachste!«

»Und das wäre?«

Man kann viel gegen Rüdiger sagen, aber manchmal sind seine Ideen schlicht genial! Während ich die Barthaare büschelweise ans Kinn hielt, tröpfelte Rüdiger aus einem Schnapsglas Wasser auf die Ansatzstelle. Ruckzuck gefroren die Tropfen auf der eisigen Haut, und der Bart wuchs Stück für Stück, bis er wieder in seiner alten Pracht an dem markanten Kinn prunkte.

»Und wenn beim Auftauen alles wieder abfällt?«, fragte ich.

»Dann sind wir doch längst über alle Berge!«, sagte Rüdiger.

Wo er Recht hatte, da hatte er Recht. Und die Angeschmierten waren nicht wir, sondern höchstens die Mittelsmänner. Aber auch die würden sich mit Kälteschäden herausreden können. Manche Sachen werden bei Kälte halt brüchig. Keiner würde deswegen seinen Kopf verlieren.

Ich blickte auf die Uhr. Schon halb fünf! Draußen schien es bereits zu dämmern. Höchste Zeit, zurück zum kleinen Brombachsee zu fahren. Sonst würden sich unsere Frauen furchtbar ängstigen.

»Glaube ich nicht«, sagte Rüdiger.

»Wieso?«

»Doris schläft wie ein Murmeltier, sonst hätte sie schon angerufen!«

Was aber war mit Heidi? Sie konnte doch eh nicht mehr richtig schlafen, wegen der Amalgamvergiftung.

»Schreib ihr halt eine SMS!«

Ich konnte keine SMS schreiben, das wusste Rüdiger genau. Da lächelte er ganz generös und schrieb sie für mich.

»Schreib, wir hätten uns noch um die Verstopfung kümmern müssen«, soufflierte ich ihm.

Wer glaubt, jetzt hätten wir endlich losfahren können, der irrt leider. Wir saßen schon im Auto, als Rüdiger berechtigte Bedenken kamen. Was, wenn Tante Trude erneut zur Schere greift? Um ihren Willi schick für die

Hochzeit zu machen? Das wäre nicht auszudenken! Und vielleicht würde sie seine Haare diesmal nicht in den Biomüll werfen, vielleicht würde sie den Bart gleich verbrennen.

»Es gibt nur eine sichere Lösung«, sagte ich.

»Und welche?«

»Wir dürfen den Bart erst kurz vor der Übergabe aneisen!«

Die Haare zu sichern, erwies sich als unerwartet schwierig. Wieder war es Rüdiger, der die Lösung fand. Auf der Fahrt zum kleinen Brombachsee machte ich ihm deswegen Komplimente. Vielleicht war er doch noch kein typischer Frührentner.

»Auf die Idee mit dem Fön jedenfalls wäre ich nicht gekommen!«, lobte ich ihn. Trotz der Dunkelheit sah ich, wie ein zufriedenes Lächeln über sein Gesicht glitt.

Wenn wir angenommen hatten, Heidi und Doris würden noch in den Betten liegen, dann hatten wir uns getäuscht. Unsere Frauen überraschten uns mit einem traumhaften Frühstück. Der Campingtisch bog sich geradezu unter den Köstlichkeiten. Selbst Rührei mit Speck gab es, dazu frische Brötchen vom Bäcker, selbstgemachten Obstsalat und Kaffee mit aufgeschäumter Milch.

»Wie in einem Fünf-Sterne-Hotel!«, sagte ich, was die Damen sichtbar freute.

Heidi war so etwas von dankbar. Dass wir auch die Verstopfung im Klo beseitigt hätten, das wäre doch nicht nötig gewesen! Das heißt, nötig natürlich schon, aber doch nicht mitten in der Nacht. Nach dem Frühstück nötigten uns unsere Frauen, ein Schläfchen zu halten. Ich wollte zunächst nicht, fühlte ich mich doch wieder putzmunter. Als ich aber in meinem Bett im Campingwagen lag und Heidi die Vorhänge zuzog, dauerte es keine fünf Minuten und ich schlief wie ein satter Säugling.

Ein grausames Geräusch weckte mich. Ein Getöse, als wolle jemand die Formel 1 gewinnen. Verärgert blinzelte ich zu dem kleinen Fenster hinaus. Unser lieber Herr Nachbar hatte seinen Rasenmäher angeworfen! Sie habe versucht, ihn vom Mähen abzuhalten, aber ich wisse ja, wie der Mensch gestrickt sei, sagte Heidi völlig zerknirscht. Die Rasenmähzeiten waren in der Campingplatzordnung exakt eingetragen. Nicht berücksichtigt war jedoch, dass ein vollkommen übernächtigter Arbeiter halt morgens seinen Schlaf brauchte.

»Lass es gut sein«, beruhigte ich Heidi und machte mich gähnend daran, die Reste unseres Frühstücks zu verputzen, den grasmetzelnden Nachbarn durch Nicht-Beachtung strafend. Faule Socke! Für die paar Quadratmeter Rasen hätte es auch ein Schieb-mich-zieh-mich-Mäher getan. Auch das zweite Frühstück ließ ich mir schmecken. Sogar unsere Heimatzeitung, die Erlanger Nachrichten, hatte Heidi am Kiosk besorgt.

»Stell dir vor«, sagte Heidi erschrocken, »in unserer Siedlung ist eingebrochen worden!«

Mampfend ließ ich mir den Lokalteil rübergeben. Tatsächlich, hier stand's! In einem Friseursalon hätten sich Unbekannte Zutritt verschafft, seien aber durch den aufmerksamen Besitzer verscheucht worden.

»Bestimmt im Salon Winter«, meinte Doris. »Da gehen doch unsere Promis hin.«

Bei Winter? Nein, das konnte nicht sein. Die Winters wohnten doch in einer schicken Villa im Meilwald, nicht in der Wohnung über ihrem Salon. Und hier stand, dass die Einbrecher durch den aufmerksamen Besitzer verscheucht worden seien. Der Einbruch konnte, ja musste bei Vierzigmann passiert sein! Ja, nur Vierzigmann wohnte über seinem kleinen Laden, besser gesagt, in seinem Laden. Der Salon war doch nur ein abgetrennter Teil des Hauses.

Heidi lachte mich aus: »Wer soll bei Vierzigmann schon einbrechen? Da gibt's doch nichts zu holen!«

Natürlich gab's bei Vierzigmann nichts zu holen. Außer museumsreifen Schneidegeräten und dem Computer! – Der Computer! Rasch faltete ich die Zeitung zusammen. Wo steckte Rüdiger?

»Der schläft noch«, sagte Doris ohne von ihrer Strickarbeit aufzublicken.

»Bei dem Lärm?«

Unten am Seeufer wischte sich Rüdiger den Schlaf aus den Augen. Er war ziemlich stinkig, aber es half alles nichts, ich hatte ihn wecken müssen. Ich erzählte ihm die Sache ein zweites Mal, und langsam schien er zu begreifen. Wenn ich Recht hätte, wenn man tatsächlich bei Vierzigmann eingebrochen hatte, wenn die Diebe zudem den Computer geklaut hatten und die Diebe für einen Geheimdienst arbeiteten, dann hätten wir ein echtes Problem. Ach was, Problem! Dann war alles verloren! Dann war Schluss mit der Million. Dann konnten wir einpacken.

»Aber wieso?«, fragte ich, »ich hab doch alles genauso gemacht, wie du es mir gesagt hast. Ich habe alle Spuren verwischt und die Dateien komplett gelöscht.«

»Komplett gelöscht?« Rüdiger schüttelte den Kopf. Für jeden halbwegs intelligenten Spezialisten sei es kein Problem, die Daten wieder herzuzaubern. Auch gelöschte Dateien könne man ruckzuck reaktivieren. Nur Laien sei der Zugriff nicht ohne Weiteres möglich.

»Na prima«, sagte ich und schleuderte einen Stein übers Wasser. Eine Ente flog schnatternd auf und drehte eine weite Runde über die Bucht.

Plötzlich sollte unsere ganze schöne Aktion gefährdet sein? Ich wollte es nicht einsehen und dennoch hatte Rüdiger Recht. Wenn die Geheimdienstleute dahintersteckten - und wer anders als ein Geheimdienst konnte dahinterstecken? -, dann kannten sie nun all unsere Pläne im Detail. Dann würden morgen Nacht nicht nur die al-Qaida-Boten an dem vereinbarten Treffpunkt stehen, dann würde da auch ein Kühltransporter der CIA warten. Oder des BND. Oder der Briten, und 007 würde sagen: »Vielen Dank, die

Herren! Wir übernehmen die Beerdigung gerne und vollkommen kostenlos!«

Wenn der Friseur-Computer tatsächlich in Geheimdiensthände gefallen war, dann blieb uns nur noch eines: Alles abblasen. Und keinen neuen Versuch mehr starten. Zwar kannten die Agenten unsere Namen nicht, da hatten wir schon aufgepasst, aber sie waren uns schlicht zu dicht auf den Fersen. Schließlich mussten wir auch an unsere Frauen denken. Die einzige Chance, die wir noch hatten, war Friseur Vierzigmann. Besser gesagt, sein tollkühner Mut. Wenn es ihm gelungen sein sollte, die Einbrecher zu vertreiben, bevor sie sich den Computer schnappen konnten, dann war noch nichts verloren.

»Ruf ihn an«, schlug Rüdiger vor.

»Wen? Vierzigmann?«

»Na klar.«

»Du bist lustig! Und was soll ich sagen? Haben Sie Ihren Computer noch?«

Nein, es gab nur eine Möglichkeit, wir mussten zurück und zwar so schnell wie möglich. Wir mussten uns an Ort und Stelle selbst ein Bild machen. Wieder führte ich den bedenklichen Zustand von Tante Trude als Grund an.

Doris hatte zwar etwas gemault, aber Heidi hatte mir warmherzig zugelächelt und so brachen wir vorzeitig unsere Zelte ab. Die Heimfahrt verlief ziemlich schweigsam. Nur einmal kam ein Gespräch auf, es drehte sich um unsere Kanzlerin. Die hatte in einem Interview die Amerikaner beglückwünscht und gesagt, dass sie sich ebenfalls über die Tötung Bin Ladens freue. Doris war darüber entsetzt. Es gehöre sich nicht, sich über den Tod eines Menschen zu freuen, selbst, wenn der ein Verbrecher gewesen sei. Das Leben sei etwas Kostbares, der Tod hingegen immer etwas Schreckliches und niemals ein Grund zur Freude. Erst recht nicht für die Kanzlerin. – Solch ein Blödsinn konnte mich aufregen. Was sollten derartige moralinsaure Bemerkungen? Typisch Doris! Den Terrorismus bekämpfen, aber bitte jeden Verbrecher mit Samthandschuhen anfassen. Wasch mir den Pelz, aber mach mich nicht nass!

»Wie hat sich denn Bin Laden über den Tod Tausender Unschuldiger gefreut? Damals, nach dem Anschlag auf das World Trade Center? Hast du das bereits vergessen?«, fragte ich spöttisch.

Das rechtfertige überhaupt nichts, argumentierte Doris. Im Gegenteil. Indem wir die gleichen Reflexe zeigten, wie solche Verbrecher, würden wir uns doch nur auf deren Stufe hinabbegeben.

»Dann hab auch ich mich auf die Stufe Bin Ladens hinabbegeben «, sagte ich, »denn ich habe mich genau wie unsere Kanzlerin über Bin Ladens Tod gefreut!«

Nun schritt Heidi ein. Man könne das eine nicht mit dem anderen vergleichen, wir meinten eigentlich dasselbe, und hätten beide irgendwie Recht. Natürlich! So war Heidi. Immer allen Konflikten aus dem Weg gehen oder sie für nicht existent erklären. Beide hätten wir irgendwie Recht! Wie sollte das denn gehen? Wir waren doch völlig konträrer Meinung. So ein Käse! Rüdiger schaltete das Autoradio ein, und wir beendeten die Diskussion. War ja auch fruchtlos. Was wäre denn gewesen, wenn sich die Bundeskanzlerin nur heimlich auf dem Klo gefreut, vor den Kameras aber die Betroffene gemimt hätte? Dann wäre Doris die Erste gewesen, die ihr Heuchelei vorgeworfen hätte. Wie es unsere Kanzlerin auch machte, es war immer verkehrt. Verkehrter als verkehrt.

Die Unschuldigen mimend, schlenderten wir bei Friseur Vierzigmann vorbei. Der Laden sah vollkommen unversehrt aus, Eingangstür und Fenster wirkten okay, also so wie immer, gammlig eben, aber nicht mutwillig beschädigt. Auch war der Laden nicht geschlossen, sondern Friseur Vierzigmann war eindeutig bei der Arbeit. Er stand hinter einer Kundin, der er Locken eindrehte. Vom Bürgersteig aus konnte man auch den kleinen Tisch erkennen, auf dem üblicherweise der Klapprechner stand. Mein Herz machte einen kleinen Sprung – der Computer stand tatsächlich noch auf seinem Platz! O, Friseur Vierzigmann! Heldenhaft hatte er unser Geheimnis verteidigt, hatte sich den Ganoven mutig in den Weg gestellt und sie unter Einsatz seines Lebens vertrieben. Und schon stand er wieder da und frisierte, so als wäre nichts geschehen. Mann, der Kerl hatte Nerven! Nicht so ein Weichei wie

Rüdiger! Ich hätte reinstürzen und ihn küssen können, unterdrückte diesen Impuls aber mannhaft, denn schließlich durften wir uns nicht unnötig verdächtig machen.

Auch Rüdiger hatte den Klapprechner gesehen, statt aber erleichtert aufzuatmen, ging sein Atem wieder schwerer, und er fummelte erneut sein Pustespray hervor. War er enttäuscht, dass wir die Aktion nun doch durchführen würden? Fast schien es so. Dem alten Angsthasen wäre es wohl gerade recht gewesen, wir hätten uns so mir nichts dir nichts aus der Affaire ziehen können. Sich kurz vor dem Ziel noch zu drücken, das wäre typisch für Rüdiger gewesen!

Wie zuvor besprochen, gingen wir, ohne uns umzudrehen, die Straße hinauf Richtung Freiwillige Feuerwehr und Heinrichskirche. Wir machten einen ganz normalen Spaziergang, wie es Frührentner eben so zu tun pflegen. Keinem zufällig vorbeikommenden Bekannten sollte irgendetwas Ungewöhnliches an uns auffallen. Dabei hätte ich laut jubeln können! Die schöne »Schwalbe«, jetzt war sie wieder zu uns zurückgekehrt: Wenn alles gut lief, würden wir sie bereits nächste Woche in den kleinen Brombachsee gleiten lassen. Schiff ahoi! Ich wollte den blassen Rüdiger schon fröhlich in die Seite stupsen, als im oberen Teil der Straße hinter den Altglascontainern ein Auto in unseren Blick kam: der graue Kastenwagen!

Ich war stolz auf mich, dass ich mir nichts anmerken ließ, ja, dass ich neben Rüdiger weiterging, als wäre nichts gewesen. Ich konnte zwar keine Fahrzeuginsassen erkennen, der Wagen aber wackelte etwas, was verriet, dass sich irgendjemand in dem fensterlosen hinteren Teil des Wagens aufhalten musste. Steif den Blick nach vorne gerichtet und ohne die Schritte zu beschleunigen, schlenderte ich an der Kiste vorbei. Erst hinter der nächsten Straßenecke blieb ich abrupt stehen.

»Scheibenkleister!«, sagte ich.

»Was ist denn?«

»Hast du das Auto gesehen?«

»Was für ein Auto?«

»Na, den grauen Kastenwagen?«

»Was ist damit?«

»Das ist derselbe Wagen, der uns die Kaninchen gebracht hat!«

Rüdiger schaute mich völlig verdattert an und schien immer noch nicht zu begreifen. Ich erzählte ihm, wie mir der Wagen erstmals aufgefallen war, am Montag, als ich Rüdiger zu Dr. Kaltenbrunner gefahren hatte, wie der Kastenwagen im verdächtigen Abstand hinter uns her gefahren war und dass das der Wagen sein musste, der, als wir in der Praxis waren, unseren Frauen die Kaninchen gebracht hatte.

»Die CIA!«, sagte Rüdiger tonlos. Gut, dass er gerade erst einen Hub aus seinem Lungendeo genommen hatte.

»Oder der Mossad, ganz egal«, ergänzte ich.

»Was haben die vor?«

»Die wollen einen zweiten Versuch starten.«

»Was, schon wieder Kaninchen?«, fragte Rüdiger ungläubig.

»Quatsch, Kaninchen! Sie wollen Vierzigmanns Computer, den sie gestern Nacht nicht gekriegt haben!«

Es gab keine Alternative! So sehr Rüdiger auch protestierte, das konnte ich ihm nicht ersparen, daran ging kein Weg vorbei. Es war doch nur zu offensichtlich, dass die Agenten nicht aufgaben. Warum sollten sie sonst in Vierzigmanns Straße parken? Sie wollten an den Computer ran. Und klar wie Kloßbrühe war auch, dass wir das verhindern mussten. Und dass es nur einen Weg gab, einen einzigen Weg, den Agenten die Suppe zu versalzen. Wir mussten ihnen zuvorkommen. Ja, wir mussten uns den Computer sichern, je schneller desto besser!

»Jetzt spinnst du komplett«, sagte Rüdiger.

Sollte er denken, was er mochte. Wir hatten keine Wahl, es war die einzige Möglichkeit. Sonst kämen uns die Agenten zuvor, und wir wären geliefert. Es würde kein Spaziergang werden, das war klar, aber wir besaßen einen kleinen, jedoch nicht unwichtigen Vorteil. Den Heimvorteil. Wir kannten die Gewohnheiten von Friseur Vierzigmann so genau, wie er unsere Haare kannte. Friseur Vierzigmann war Kettenraucher. Höchstens eine halbe Stunde hielt er es ohne Nikotinnachschub aus. Dann musste er sich eine anstecken. Im Winter ging er dazu in sein Hinterzimmer, im Sommer auf die rückwärtig gelegene Terrasse. Lang hielt er sich nicht dort auf, nicht mal die üblichen fünf Minuten. Ein paar hastige Züge und er war wieder in seinem Salon. Viel Zeit würde uns also nicht bleiben, die aber müssten wir nutzen.

»Du spinnst komplett«, schimpfte Rüdiger erneut, »es ist doch immer noch mindestens ein Kunde im Laden!«

»Stimmt«, sagte ich, »und deshalb müssen wir sofort los!«

Meine Vermutung war goldrichtig. Friseur Vierzigmann, so viel war aus unserem improvisierten Versteck zu erkennen, war gerade dabei, der Dame die letzten Wickler einzudrehen.

»Jetzt wird er die Trockenhaube rüberziehen«, raunte ich, und tatsächlich sahen wir, wie die monströse Haube, die jedes Technikmuseum mit Kusshand genommen hätte, zum Frisierplatz hinübergeschwenkt wurde.

»Und nun wird er den Raum verlassen und sich eine anzünden«, sagte ich, und wirklich ging der Friseur hinaus.

Nicht mal eine halbe Minute später war ich wieder bei Rüdiger, den Computer unter der Jacke fest an mich gedrückt. Nun nichts wie weg! Natürlich gingen wir diesmal in die andere Richtung, also nicht den Weg am

Kastenwagen vorbei, sondern runter zum DJK-Platz. Was für ein Glück! Niemand war auf der Straße zu sehen gewesen, niemand hatte uns beobachtet. Die Dame unter der Trockenhaube würde staunen, was Friseur Vierzigmann für ein Geschrei anstimmen würde! Rüdiger konnte über diese Vorstellung nicht lachen.

»Er kriegt ihn doch zurück«, beruhigte ich ihn, »gleich Montag stellen wir das Ding hübsch verpackt vor seine Haustür!«

Rüdiger aber beharrte darauf, dass wir nun nicht nur Leichendiebe wären, sondern es auch noch zu Einbrechern gebracht hätten.

»Hör mir auf mit so einem Schrott.« Ich war ärgerlich. »Das ist doch eine Notsituation gewesen! Und außerdem haben wir den Computer nicht gestohlen, wir leihen ihn uns nur heimlich aus! Mehr noch, wir sichern den Computer und tun ein gutes Werk! Denn was würden die Geheimdienstleute mit ihm anstellen? Zerlegen und wegschmeißen!«

Daheim empfing mich Heidi, indem sie mit einem Stück Papier wedelte. Nur mit knapper Not gelang es mir, den Klapprechner unbemerkt im Schuhschrank verschwinden zu lassen. Dann lächelte ich Heidi an. Das Stück Papier war unser Lottoschein. Sie habe ihn für uns noch abgegeben, sagte Heidi, und ich gab ihr einen Kuss. Auch bei Tante Trude sei sie schon gewesen.

»Und?« Ich war leicht besorgt.

»Du brauchst dir keine Sorgen zu machen, es geht ihr gut. Vom Stromausfall weiß sie natürlich nichts mehr, auch nichts von einem verstopften Klo. Das habt ihr wirklich gut hingekriegt!«

»Und was erzählt sie sonst so?«, fragte ich beiläufig.

»Na, ihre heiteren Schrullen halt«, Heidi lachte, »stell dir vor, sie behauptet allen Ernstes, gestern Nacht mit ihrem Schneider Tango getanzt zu haben!«

Gut, dass Heidi mein plötzlicher Hustenanfall nicht komisch vorkam. Mir wurde siedend heiß bewusst, dass es hochgefährlich war, Heidi weiter allein zur Tante gehen zu lassen. Wenn sie einen Blick in die Tiefkühltruhe werfen würde! Es war nicht auszudenken.

»Ich werde dich künftig immer zur Tante begleiten.«

Heidi lächelte mich liebevoll an. Dass sei wirklich nicht nötig, sie komme doch prima allein zurecht. Doch ich bestand darauf, und Heidi gab mir einen Kuss.

Nach dem Abendessen machten Heidi und ich noch einen Spaziergang zu Tante Trude. Heidi wollte ihr noch eine heiße Suppe machen. Und eine neue Medizin vorbeibringen. Eine Frau habe von diesem Mittel in der letzten Bild-Zeitung berichtet. Es sei unglaublich, ihrem Vater seien plötzlich die Namen sämtlicher Enkelkinder wieder eingefallen. Und er könne wieder Domino spielen! Aber Tante Trude habe doch gar keine Enkelkinder und Domino habe sie noch nie gespielt, sagte ich mit gespieltem Erstaunen, und Heidi zwickte mich lachend in die Wange.

Schön, dass wir uns wieder so gut verstanden! Ich machte ihr auch keinen Vorwurf, dass sie für so eine Schwindelmedizin Geld ausgab. Bestimmt waren in der Bild Anzeigen von dem Mittel geschaltet. Eine Hand wäscht die andere, so funktionierte diese Art von Journalismus eben. Mit der Not der Leute Geschäfte machen, es war zum Kotzen! Und natürlich fiel auch Heidi darauf rein, sie klammerte sich ja an jeden Strohhalm. Was sie schon alles probiert hatte, wie viele Säfte und Tabletten. Einen ganzen Ginkgo-Wald hatte sie schon an die Tante verfüttert, Tausende von Vitaminen und Spurenelementen. Nichts hatte geholfen. So eine Demenz verläuft schicksalhaft, nichts kann sie aufhalten. Das zu akzeptieren, gelang Heidi nicht. Sie glaubte allen Sensationsberichten, sogar zur Akupunktur hatte sie Tante Trude schon geschleppt, allerdings endete das im Fiasko. Als Tante Trude den ersten Pikser gespürt hatte, war ihr die Hand ausgerutscht, und sie hatte dem Doktor eine blutige Nase geschlagen.

Auch die ehrenwerten Versuche, das Gedächtnis der Tante mit allen möglichen Aktivitäten zu trainieren, waren fehlgeschlagen. Selbst die Memory-Spezialausgabe mit den Erlangen-Motiven hatte die Tante nicht motivieren können. Schließlich hatte Heidi, um die Tante durch Erfolgsmomente bei der Stange zu halten, die Legekarten auf zwei Pärchen beschränkt. Da saß die Tante dann am Küchentisch, Heidi deckte zwei Motive auf und rief »Gut merken!«, drehte die Hugenottenkirche oder die Orangerie wieder um und ließ die Tante ziehen. Wenn die Tante tatsächlich einmal richtig lag, lobte Heidi sie überschwänglich und ließ sie es gleich nochmal probieren. Die Tante erzielte eine Trefferquote von gut dreißig Prozent, worin Heidi einen Erfolg sah, ich allerdings nur die Bestätigung der Wahrscheinlichkeitslehre.

Ja, Heidi gab nicht auf, allen Misserfolgserlebnissen zum Trotz. Und das bewunderte ich an ihr, nein wirklich, jede andere hätte doch schon längst resigniert. Heidi nicht. Dabei hätte sie heute jeden Grund dazu gehabt. Sie habe sich erkundigt, eine Polin, die ihre Sache verstehe, koste zweitausend Euro im Monat. Mindestens. Plus Versicherungen und Verpflegung. Damit war die Sache gestorben. Außer wir würden im Lotto gewinnen! Einen kurzen Moment hatte ich mit dem Gedanken gespielt, Heidi zu erzählen, wie nah wir an der Million dran waren.

Nachdem ich aber überschlagen hatte, wie rasch das schwer verdiente Geld verbraucht sein würde, wenn wir Tante Trude von einer Polin betreuen ließen, beschloss ich, doch besser den Mund zu halten. Und den fingierten Lottogewinn auf ein deutlich geringeres Sümmchen zu reduzieren. Damit keine falschen Begehrlichkeiten aufkämen. Denn mit einem Millionengewinn würde es schwer sein, die Polinnen-

Pläne zu begraben. Immer hübsch bescheiden bleiben!

Tante Trude saß vor ihrem Fernseher. Ich hielt mich anfangs etwas im Hintergrund. Meine Befürchtung, sie würde sofort wieder einen Tango mit mir tanzen wollen, erwies sich jedoch zum Glück als unbegründet. Statt mit ihrem Schneider, verwechselte sie mich nun mit dem Postboten. Ich solle alle Glückwunschkarten auf den Küchentisch legen, sie würde sich später darum kümmern. Im Fernsehen lief eine Snooker-Partie. Bunte Kugeln flitzten über den grünen Tisch und die monotone Stimme eines unsichtbaren Reporters gab dazu unverständliche Kommentare ab. Was die Tante daran bloß faszinieren konnte? Das war doch Stumpfsinn im Quadrat!

Heidi machte sich in der Küche zu schaffen und kochte eine Kohlrabisuppe auf. Kohlrabi sei ein altes Hausmittelchen der Sorben, um sich vor Alterskrankheiten zu schützen. Es hing mit den freien Radikalen zusammen, erklärte mir Heidi. Ich nutzte die Gelegenheit, mich rasch in den Keller zu schleichen. Ein schneller Blick in die Tiefkühltruhe beruhigte mich. Tante Trude hatte keine neuen Dummheiten angestellt. Nichts stand unseren morgigen Plänen mehr im Weg. Tante Trude nicht und nicht der CIA. Die Agenten würden toben, wenn sie den Klapprechner nicht mehr fanden. Ich hatte ihn vom Schuh schränkchen an einen sicheren Ort verbracht, Friseur Vierzigmann sollte ihn unversehrt zurückerhalten. Plus einer hübschen Leihgebühr! Ja, in einem Anflug von Großzügigkeit beschloss ich, dem Paket noch einen Zehner beizulegen. Wenn schon, denn schon!

Auf dem Heimweg merkte ich, wie mich eine bleierne Müdigkeit überfiel. Daheim ging ich sogleich zu Bett. Der Tag war anstrengend gewesen, und der morgige würde ihm vermutlich in nichts nachstehen. Gut, dass in vierundzwanzig Stunden alles vorüber sein würde! Ich dachte nochmals an unser Segelboot und sah uns über das blaue Wasser kreuzen, eine frische Brise ging, und die weißen Segel blähten sich mächtig auf. Ich stand am Steuer, eine Kapitänsmütze auf dem Kopf, und lenkte uns sicher durch die Wellen. Lächelnd schlief ich ein.

Wieder wurde ich aus dem Schlaf gerissen, diesmal war es kein Rasenmäher, diesmal waren es Polizeisirenen. Sie schienen mitten durch unsere Siedlung zu rasen. Was mochte passiert sein? Heidi stand auf und ging zum Fenster. Der Widerschein des Blaulichts war noch zu erkennen.

»Sie fahren nicht zur Tante, sie fahren in die andere Richtung«, sagte sie, was mich beruhigte. Ob die jugendlichen Rowdys, die am Wochenende die Stadt unsicher machten, nun auch in unserer friedlichen Siedlung unterwegs waren? Rasch umfingen mich wieder meine Träume.

10

Doris war wieder am besten informiert. Wir saßen gerade beim Frühstück, als sie aufgeregt zu uns herüberkam. Rüdiger schlafe noch, sie habe die Brötchen holen wollen und bei Bäcker Trapper die allerneuesten Neuigkeiten erfahren. Schon wieder habe man eingebrochen, schon wieder bei Friseur Vierzigmann! Aufmerksame Nachbarn hätten was gehört und die Polizei verständigt. Den armen Vierzigmann habe man gefesselt und geknebelt in seinem Salon gefunden, von den Einbrechern aber fehle jede Spur. Was sie gestohlen hätten? Das sei wohl das Mysteriöseste. Gestohlen sei zwar der Computer, den Diebstahl habe Friseur Vierzigmann aber bereits am späten Nachmittag angezeigt.

Ich war geschockt. Den armen Vierzigmann so zu erschrecken. Und zu fesseln und zu knebeln! Durfte der CIA so etwas tun? Unbescholtene Bürger überfallen und misshandeln? Ob nicht doch Kriminelle dahintersteckten, Trittbrettfahrer, gewöhnliche Gangster, die gleichfalls ein Milliönchen dazuverdienen wollten? Die Mafia vielleicht? Mir schauderte. Gut, dass Vierzigmanns Klapprechner sicher verwahrt auf unserem Speicher ruhte. Unter unseren alten Faschingskostümen. Montag würde Vierzigmann ihn wieder zurückbekommen. Und ich beschloss, die Leihgebühr auf zwanzig Euro zu verdoppeln. Schmerzensgeld!

Ich hatte schlecht geschlafen. Irgendwie musste der schöne Traum von unserem Segelboot schlecht ausgegangen sein. Genaues konnte ich nicht mehr erinnern, aber scheußliche Bilder von zerrissenen Segeln und einem zersplitterten Mastbaum geisterten noch vor meinem inneren Auge. Obwohl es nicht meine Art war, etwas auf solch irrationale Traumgebilde zu geben, ging ich doch hoch in mein Arbeitszimmer und rief die Witwe an. Als sie abhob, wusste ich eigentlich gar nicht, was ich sagen sollte. Ich wolle mich nochmals für ihre Zeit bedanken, stammelte ich dann, das Boot habe uns wirklich gut gefallen, wir würden uns freuen, den Kauf bereits am Montag perfekt zu machen. Je eher desto besser, erwiderte die Witwe darauf ein zweites Mal, sie sei froh, das Monster nicht mehr sehen zu müssen.

Viel gab es heute nicht mehr zu tun, eigentlich gar nichts mehr. Ich hätte den Tag schön herumgammeln können, doch die anstehende Aktion ließ mich nicht zur Ruhe kommen, und so verbrachte ich die Zeit mit allerlei nicht unbedingt notwendigen Aktivitäten. Zu Heidis Verwunderung fing ich an, den alten Geräteschuppen zu streichen, und unterbrach diese kleckernde Tätigkeit erst, als Heidi sich verabschiedete, um Tante Trude das Mittagessen zu bringen. Erneut begleitete ich Heidi, was sie belustigt zur Kenntnis nahm. Ob ich mich zu ihrem Dackel entwickeln wolle, fragte sie mich. Es sei doch wirklich nicht nötig, jedes Mal mitzukommen, das hätte ich doch früher auch nicht gemacht. Es sei nur wegen des verstopften Kanals, flunkerte ich diesmal, ich wolle nur sicherheitshalber noch einmal das Rohrsystem checken. Ab morgen würde ich natürlich nicht mehr mitgehen. Ob ich ihr Dackel sei, so eine blöde Bemerkung!

Schnell waren wir von der Tante wieder daheim. Doris lud uns zum Essen ein. Es gab Sauerbraten mit Kartoffelklößen, dazu Blaukraut und Salat. Rüdiger stocherte im Essen, während ich es mir schmecken ließ.

»Heute Abend sind Rüdiger und ich unterwegs«, sagte ich schmatzend.

»Wohin geht's denn?«, fragte Doris erstaunt.

»Kollegentreffen.« Ich nahm mir noch einen Kartoffelkloß.

Hin und wieder treffen wir uns noch mit Kollegen aus dem alten Team. Wenn jemand einen runden Geburtstag feiert oder ein Gartenhaus einzuweihen ist. Manchmal auch einfach nur so. Aus Nostalgie. Dann setzen wir uns auf die Bänke des Steinbachbräus, verklären die alten Zeiten und schimpfen über die neuen. Manchmal weiß einer den neuesten Firmentratsch, und so hatten wir bereits erfahren, dass Krause, die alte Pfeife, grandios gescheitert war. So was erfüllte uns mit tiefer Befriedigung, und das Bier begann uns erst richtig zu schmecken.

Natürlich war heute kein Kollegentreffen angesagt, heute hatten wir ganz andere Dinge vor. Aber unsere

Frauen sollten sich ja unseretwegen keine Sorgen machen, und damit auch wirklich nicht die unwahrscheinlichste Sache dazwischenkam, zückte ich mit triumphierendem Lachen zwei Konzertkarten für die Lades-Halle hervor.

»Für euch beide! Macht euch einen schönen Abend!«

Die Musik der Wildecker Herzbuben liebten Doris und Heidi über alles, nie hätten sie jedoch gewagt, so viel teures Geld für die Karten auszugeben. Beide waren sie völlig sprachlos, was selten vorkam, dann umarmten sie uns und freuten sich über alle Maßen. Wie einfach man Frauen doch glücklich machen kann, dachte ich zufrieden. Nun war gesichert, dass Heidi am Abend nicht mehr zur Tante ging. Beim Bartankleben und all den Dingen, die dann folgen sollten, konnten wir keine Zeugen gebrauchen.

Bevor Rüdiger und ich aufbrachen, gingen wir nochmal alle Details durch. Wie Pilot und Copilot vor einem Transatlantikflug, so überprüften wir den genauen Ablauf. Und waren sehr zufrieden. Wir hatten wirklich an alles gedacht, nichts konnte mehr schiefgehen. Jedenfalls nicht nach menschlichem Ermessen. Doris und Heidi waren auf dem Weg zur Lades-Halle am Rathaus. Inklusive Zugabe und anschließender Autogrammstunde würden sie kaum vor Mitternacht zu Hause sein. Sie wussten, dass unsere Kollegentreffen sich stets lustig in die Länge zogen, und würden getrost zu Bett gehen, um am nächsten Morgen als

Gattinnen zweier frisch gebackener Millionäre wieder aufzuwachen. Dann würden wir einen Tagesausflug zum kleinen Brombachsee machen, wir würden den Lottoschein auf den Campingtisch schmuggeln und wie zufällig die Zahlen aus der Bild-Zeitung mit unseren Zahlen vergleichen. Dann würden wir eine Flasche Sekt knallen lassen und am Montag würde ich stolz davon erzählen, dass wir fünfhunderttausend Euro reicher seien! Eine Million geteilt durch zwei. Und dass ein schickes Segelboot auf dem kleinen Brombachsee auf uns warte! Und bald superschicke Jacketkronen auf Heidis Zähnen blinken würden! Vielleicht aber war es geschickter, den Lottogewinn etwas kleiner ausfallen zu lassen. Nicht, dass sich Heidi falsche Hoffnungen zur Pflege von Tante Trude machte.

Wir nahmen das Auto, für alle Fälle. Es war zwar nicht anzunehmen, dass wir es brauchen würden, aber eines in der Nähe zu haben, erschien uns sicherer. Wir parkten ums Eck von Tante Trude. Wir vergewisserten uns, dass die Luft rein war, schlichen uns aufs Grundstück und durch den Kellerabgang ins Haus. Bis zur Übergabe war zwar noch viel Zeit, wir wollten jedoch keinesfalls in Hektik geraten. Alles, was wir brauchten, hatten wir im Keller beisammen. Wir mussten also überhaupt nicht zu Tante Trude in die Wohnung hinauf. Die Tante schien schon wieder Fernsehen zu glotzen, diesmal aber keine Snooker-Partie, sondern irgendeine dieser Volksmusiksendungen, wie sie auch am TV-Samstagabend so gerne angesetzt werden. Jedenfalls ertönte von oben ständig lustiges Gedudel.

Der Bart war in null Komma nix wieder angeklebt. Darin waren wir jetzt richtige Experten. Er sah wirklich täuschend echt aus, selbst enge Angehörige Bin Ladens würden keinen Verdacht schöpfen. Dann schlossen wir die Kühltruhe wieder und setzten uns darauf. Jetzt blieb uns nichts mehr zu tun als zu warten.

Die Minuten schlichen wie lahme Schnecken dahin. Zwei Stunden noch bis Mitternacht. Vielleicht waren wir wirklich etwas früh aufgebrochen. Es war seltsam, hier im Keller von Tante Trude auf der Kühltruhe zu sitzen. Auch merkte ich, wie Rüdigers Nervosität unangenehm zu steigen begann. Neben den Einmachgläsern stand eine verstaubte Flasche Kirschwasser im Regal. Sicher war das Ding uralt, aber Schnaps kennt ja kein Verfallsdatum. Ein Schluck konnte jetzt nicht schaden. Mit zwei Handgriffen hatte ich die Flasche entkorkt und reichte sie Rüdiger, der dankbar zugriff. Auch ich nahm einen tüchtigen Schluck. Heiß lief es mir die Speiseröhre hinab, die Wärme tat gut, Rüdigers Nervosität aber schien sich nicht zu legen. Plötzlich begann er wieder, seine berüchtigten prinzipiellen Fragen zu stellen, ja, er fing wieder an, am Sinn unseres ganzen Unternehmens zu zweifeln.

»Wir machen uns die Hände schmutzig«, sagte er mit Grabesstimme.

»Und wieso, wenn ich fragen darf?«

So nervig das jetzt wieder werden würde, vielleicht war es psychologisch klüger, Rüdiger motzte herum, als wenn er sich schweigend in seinen Stress hineinsteigerte. Außerdem verging auf diese Weise die Zeit schneller.

»Wir machen uns schuldig an kommenden Generationen«, sagte er. Oha! Rüdiger hatte beschlossen, theatralisch zu werden!

»Geht's vielleicht etwas genauer?«, fragte ich ihn.

»Was meinst du denn, was mit Bin Laden passieren wird?«, fragte Rüdiger zurück.

»Was soll schon mit ihm passieren? Sie werden ihn nach muslimischem Ritus begraben und fertig!«

»Wenn du dich da mal nicht täuschst«, brummte Rüdiger und fing an, ein unglaubliches Schreckensszenario an Tante Trudes kalkige Kellerwand zu werfen. Selbstverständlich würde man Bin Laden nicht so einfach verscharren, selbstverständlich würde man ein ganz großes Ding daraus machen, eine Riesenaktion, ein Begräbnis der Extraklasse. Tausende von Klageweibern würde man bestellen, einen unendlichen Zug von Sympathisanten zusammenstellen und als Begräbnisstätte würde man ein Mausoleum errichten, ein Märtyrergrab, an dem künftige Terroristengenerationen ewige Treue und Nachfolge schwören würden. Und an all dem und an künftigen Terrorakten würden wir die Schuld tragen!

»So ein Unsinn«, lachte ich, »daran glaubst du doch selber nicht! Alle Umfragen zeigen, dass Bin Laden auch von den Menschen in den arabischen Ländern höchst kritisch betrachtet wird.«

»Aber eben nicht von allen«, entgegnete Rüdiger, »einige wenige Verblendete reichen leider völlig aus, die Welt ins Unglück zu stürzen, das haben wir doch erlebt! Und wenn so ein verblendeter Muslim vor einem Marmorprachtgrab steht und sieht, wie weit man es als Terrorist bringen kann und wie man verehrt wird, dann wird er sich sogleich seinen Sprengstoffgürtel umschnallen.«

»Jetzt mach mal halblang«, sagte ich, »wie viele Obergauner der Geschichte haben prächtigste Grabstätten erhalten, und niemand kommt auf die Schnapsidee, in ihre Fußstapfen zu treten. Denk an Napoleon! Als wenn auch nur einer unter den Tausenden von täglichen Besuchern seines Grabes auf den Gedanken käme, wie Napoleon zu den Waffen zu greifen und Europa zu erobern! Oder denk an Lenin. Da ruht er in seinem Mausoleum wie eine Wachsfigur, die Schlange der Besucher reißt nicht ab, aber keiner kommt aus dem Kasten und ruft die Weltrevolution aus!«

Doch Rüdiger beharrte auf seiner Meinung. Die gefährlichste Brut würde bald ausschlüpfen, und wir seien schuld daran. Bei jedem künftigen Terroranschlag müssten wir uns an die Brust schlagen und »Mea culpa!« rufen. Wir hätten die Gemeinschaft der

Anständigen verlassen, ein für alle Mal. Als Aussätzige müssten wir künftig leben, gemieden von allen, die guten Willens seien.

Nun reichte es mir aber endgültig! Es war genug. Uns zu üblen Co-Terroristen zu stilisieren, was für ein Blödsinn! Ich nahm einen zweiten Schluck aus der Flasche. Die Heldenverehrung würde doch so oder so laufen. Egal, ob so einer eine Grabstätte bekäme oder nicht. Im Gegenteil, der Mystifizierung würde durch das völlige Verschwinden der Leiche doch nur Tür und Tor geöffnet.

»Und was ist mit Rudolf Heß?«, fragte Rüdiger.

Rudolf Heß? Der Stellvertreter Hitlers? Was sollte mit dem sein?

»Sein Grab in Wunsiedel haben sie vor ein paar Wochen aufgelöst«, sagte Rüdiger.

»Ja und?«

»Nichts ja und! Die Wunsiedeler haben es auflösen lassen, weil sie die ewigen Neonazis satthatten!«

»Die werden jetzt hübsch woanders marschieren«, erwiderte ich, der Diskussion langsam überdrüssig.

Beide setzten wir erneut die Flasche an und saßen wieder schweigend da, nur dann und wann starrten wir auf unsere Armbanduhren. Von oben kam keine Volksmusik mehr, stattdessen hörten wir gelegentliches Getöse, Schüsse und schrille Schreie. Tante Trude schien sich nun einen Krimi anzuschauen. Wahrscheinlich war es ihr völlig egal, was auf dem Bildschirm lief, Sport, Talkshows, Science fiction, sie begriff eh nicht, worum es ging. Umso besser für sie, dachte ich. Wenn man sich die Qualität unserer Fernsehsendungen ansah, die waren doch perfekt auf Demenzkranke zugeschnitten.

Wieder blickte ich auf die Uhr. Halb zwölf. Noch eine halbe Stunde, dann würde ich hinausgehen, die Straße hinauf, wo der Transporter der Mittelsmänner stand. Vielleicht, ja bestimmt, parkte er jetzt schon dort, und die beiden Kontaktleute warteten genauso wie wir. Wir aber würden den genauen Zeitplan einhalten. Präzision und Verlässlichkeit waren in so einem Fall alles. In diesem Augenblick hörten wir, wie oben eine Tür geöffnet wurde. Das Licht wurde angedreht und klappernde Schritte kamen die Treppe hinunter.

Tante Trude!

Augenblicklich rutschten wir von der Tiefkühltruhe. Ausgerechnet jetzt, Tante Trude, kannst du nicht brav schlafen gehen? Geistesgegenwärtig quetschten wir uns hinter die Tür, da wurde sie auch schon geöffnet, und Tante Trude kam herein. Sie trug ihr blaugeblümtes Nachthemd auf links und Gartenclogs an den Füßen.

»Gute Nacht, mein Hübscher«, sang sie säuselnd vor sich hin, während sie zur Truhe hinübertappte, »nicht erschrecken, hier kommt nur deine liebe Braut, dir einen guten Schlaf zu wünschen!« Zärtlich öffnete sie den Deckel. »Ach du liebe Güte«, sagte sie mit einer Spur von Tadel in der Stimme und schlug die mageren

Hände überrascht zusammen, »ist doch das hässliche Bärtchen wieder gewachsen?« Und schon machte sie kehrt und trapste wieder die Kellertreppe hinauf.

»Jetzt haben wir den Salat«, erregte sich Rüdiger, »jetzt holt sie die Schere!«

»Raus hier«, rief ich geistesgegenwärtig.

Schnell sprangen wir aus dem Vorratsraum. Ich sperrte die Tür hinter uns ab und ließ den Schlüssel in der Hosentasche verschwinden. Dann eilten wir durch die Tür des Kellerabgangs, schlossen sie von außen und stellten uns lauschend davor. Da hörten wir Tante Trude auch schon kommen. Sie versuchte, die Tür zum Vorratsraum zu öffnen, und rüttelte schließlich immer wilder an der Klinke.

»Mach auf, Willi«, rief sie, »sei nicht albern, es tut auch gar nicht weh!«

Zwischendurch wurde es plötzlich still, als lausche die Tante, ob Willi ihr antworten würde. Als das nicht geschah und ihr ganzes Bitten nichts half, fing sie an zu schluchzen. Ob er sie denn nicht mehr lieb habe? Ob er sie denn nicht mehr sehen wolle? Sie würde ihn immer lieben, egal, was kommen würde, er solle doch bitte, bitte endlich aufmachen. Es war herzergreifend.

Unruhig sah ich zur Uhr. Noch eine Viertelstunde bis Mitternacht. In zehn Minuten musste ich los. Doch die Tante machte keinerlei Anstalten, den Platz vor dem Vorratsraum zu räumen. »Dann eben nicht«, dachte ich. Im Grunde war es doch egal, wenn sie die Übergabe mitbekam. Sie würde sich morgen an nichts mehr erinnern können und falls doch, würde Heidi jedes Wort von ihr ins Reich der Fantasie verweisen. Was aber, wenn sie zu schreien begann? Wenn die Nachbarn etwas mitbekamen? Oder unsere Geschäftspartner bei ihrem Anblick nervös werden sollten? Nein, sicher ist sicher, ich musste es irgendwie schaffen, sie nach oben in ihre Wohnung zu bringen. Es konnte gelingen, wenn ich es nur geschickt anstellte.

Leise öffnete ich die Tür und ging zur Tante hinüber. Die schien überhaupt nicht überrascht, mich hier zu sehen, und klagte mir sogleich ihr Leid. Darauf legte ich geheimnisvoll den Finger an die Lippen und flüsterte, Willi wolle sich doch nur umziehen. Ich sei der Schneider, der ihm den Hochzeitsanzug gebracht habe, sie erkenne mich doch sicher wieder. Sie solle nur oben im Wohnzimmer warten. Wenn Willi sich in Schale geworfen habe, würde ich sie rufen.

Die Tante bekam große Augen und sah mich kopfschüttelnd an. Zu unserem großen Glück aber schien sie meine Erklärung doch zu akzeptieren. »Willi zieht sich an«, murmelte sie, »Willi zieht sich nur den Anzug an.«

Ich reichte ihr galant meinen Arm und führte sie hinauf ins Wohnzimmer. Dort ließ sie sich in ihren Ohrensessel fallen. »Warte nur, Tantchen«, sagte ich, »bald ist der Bräutigam soweit!«

Den Transporter erkannte ich sofort. Das musste er sein! Er stand exakt am vereinbarten Platz, ein dunkelblauer Ford älteren Datums. Zwei Männer saßen auf den Sitzen, so viel konnte ich schemenhaft erkennen. Ich trat an die Fahrerseite und klopfte im vereinbarten Rhythmus dagegen: Tack, tack – tack! Darauf wurde die Scheibe hinuntergelassen, und der Fahrer, ein hagerer Schlaks, flüsterte in gebrochenem Deutsch: »Tritt ein, bring Glück herein!« Perfekt! Das war unser Codewort! Die Tür wurde geöffnet, der Fahrer rutschte beiseite und zog hinter dem Sitz den Koffer hervor.

Der Koffer! Das Ziel unserer Träume!

Ich legte ihn auf meinen Schoß, sein Gewicht fühlte sich gut an. Erwartungsvoll ließ ich die Schlösser aufspringen. O, wie lachte mein Herz, als ich die hübschen Geldbündel erblickte! Eine grobe Prüfung ergab, dass alles in Ordnung war. Die Summe schien zu stimmen. Darauf verließen wir das Auto, der lange Dünne, sein ziemlich rundlicher Freund und ich. Der Schlaks nahm den Koffer, und wir gingen zum Haus von Tante Trude.

Die Nacht war mild, aber finster. Dichte Wolken waren aufgezogen, die Mond und Sterne verdeckten. Umso besser. Alle Nachbarn schienen zu schlafen, jedenfalls waren sämtliche Rollos heruntergelassen. Nur eine einsame Katze strich an den Zäunen entlang. Wir betraten den Garten und schlichen den Kellerabgang hinunter. Im Vorratskeller stand Rüdiger mit kalkweißem Gesicht. Bestimmt hatte er gerade erst einen Hub von seinem Spray genommen. Oder einen weiteren Schluck vom Kirschwasser.

Mit entschlossenem Griff öffnete ich die Kühltruhe und ließ unsere Geschäftspartner hineinschauen. Spontan schlugen sie die Hände vors Gesicht, verbeugten sich heftig und murmelten etwas, was ich nicht verstand und sich nach Racheflüchen anhörte. Dann gab ich ihnen unsere Skihandschuhe, die sie sich rasch überzogen. Bin Laden aus seiner kalten Höhle zu heben, erwies sich als unerwartet schwierig. Die Leiche schien am Boden von Tante Trudes Truhe festzukleben und leistete erkennbar Widerstand. Mit aller Gewalt rissen die Männer an ihr. Es gab ein hässliches Geräusch, dann wuchteten sie den in unnatürlicher Körperhaltung Gefrorenen aus der Truhe heraus. Es schepperte ein bisschen, dann war Bin Laden befreit.

Wir hielten den beiden die Türen auf und begleiteten sie auf dem Weg nach draußen. Nur schnell zum Transporter hinunter und dann weg! In diesem Augenblick schrie der Dicke, der vorausging, auf. Er hatte gerade die oberste Stufe des Kellerabgangs erreicht, als ihn der Hieb eines Regenschirms traf.

Tante Trude!

Sie musste etwas mitbekommen haben und war aus dem Haus geeilt. »Lasst los«, rief sie mit erbitterter Stimme, »lasst auf der Stelle meinen Willi los!«

Der Dicke stieß einen Fluch aus. Er konnte sich aber gegen die Schläge nicht wehren, ohne Bin Laden fallen zu lassen. Mühsam stolperte er weiter, geschoben von seinem schlaksigen Kumpel, der den Terroristenführer an den Beinen trug. Ununterbrochen ließ die

Tante ihren Regenschirm niedersausen und schimpfte dabei wie ein Rohrspatz. Verdammt, gleich würden die Lichter angehen und die Nachbarn stünden in den Fenstern!

Ich versuchte, die Tante festzuhalten, in ihrem Zorn aber entwickelte sie unglaubliche Kräfte. Sie riss sich los und lief den Männern hinterher, die es nun sehr eilig hatten, zu ihrem Transporter zu kommen. Was sollte ich tun? Natürlich lief ich wiederum der Tante hinterher und versuchte, sie aufzuhalten, wobei mich ein Hieb ihres Regenschirms schmerzhaft an der Nase traf.

Durch meinen Einsatz aber hatten die Männer den Transporter erreichen können. Ich hörte Türen schlagen und dann das Geräusch eines jaulenden, aber wieder absterbenden Motors. Erneut wurde die Zündung betätigt, doch wieder ertönte kein erlösendes Geknatter. Das fehlte noch, dass der Motor jetzt nicht ansprang! Wieder erklang nur ein klägliches Gejaule. Die Tante hatte mittlerweile den Transporter erreicht und begann, mit dem Regenschirm auf das Autodach einzuprügeln.

»Schnell«, rief ich Rüdiger zu, der hilflos hinter mir hergelaufen war, »hilf mir schieben!«

Rüdiger begriff sofort. Ich zog die Tante beiseite, deren Kräfte zum Glück nachließen, und machte unseren Geschäftspartnern mit Gesten klar, was wir vorhatten. Der Schlaks blieb am Steuer sitzen, und der Dicke sprang heraus, uns beim Anschieben zu helfen.

So ging's mit vereinten Kräften die Straße hinunter, wieder und wieder versuchte der Schlaks, den Gang einzulegen und den Motor anzuschmeißen, stets aber machte der Transporter nur hilflose Bocksprünge. Lange würden wir das nicht durchhalten, das war mir klar. Wie waren schon fast an der Hauptstraße, als schließlich doch das erlösende Motorgeräusch ertönte. Dicker Qualm entwich dem verrosteten Auspuff, hustend und keuchend standen wir in einer stinkenden Wolke. Der Dicke winkte uns noch dankbar zu, dann sprang er zu seinem Kumpan in den Wagen, und sie knatterten auf und davon.

Rüdiger und ich sahen uns an. Es war kaum zu glauben, aber die Sache war wirklich vorüber. Dahinten verschwand Bin Laden! Er hatte seine letzte Reise angetreten. So, wie es sich gehörte, selbst für einen Verbrecher, konnte er nun ordentlich bestattet werden. Asche zu Asche. Staub zu Staub. Rüdiger war keuchend in die Knie gegangen. Für seine Verhältnisse hatte er sich wirklich gut geschlagen! Ja, er war sogar über sich hinausgewachsen. Vielleicht hatte ich ihm zu viel zugemutet. Ich rieb mir die schmutzigen Hände an der Hose ab und klopfte Rüdiger auf den Rücken.

»Geschafft«, sagte ich, Rüdiger nickte nur stumm.

Hustend drehte ich mich um und schaute zurück. Ob Tante Trude noch an der Straße stand, allein in der Nacht? Plötzlich fühlte ich mich für sie verantwortlich, wir mussten uns schnell um sie kümmern. Erschöpft und mit stechenden Lungen gingen wir den Weg zurück. Doch von Tante Trude war keine Spur zu sehen. Sie würde sich doch nicht auf Wanderschaft begeben haben? Ein kleiner Schrecken durchzuckte mich. Wir rannten nun fast, zurück zu ihrem Haus, und zu meiner großen Beruhigung bemerkte ich, wie sich etwas in ihrem Schlafzimmer bewegte. Sie war heimgegangen. Müde und enttäuscht würde sie sich zu Bett legen, der Traum von der Hochzeit war ausgeträumt. Der Bräutigam, er war verschwunden. Doch morgen würde sie alles wieder vergessen haben und sich einen neuen Trost zusammenspinnen. Das ist ja das Geniale an so einem Schicksal, dass man zwar sein Gedächtnis verliert, nicht aber seine Fantasie.

Ich hob meinen Arm und legte ihn in einer ungewohnten Regung um Rüdiger: »Lass uns den Koffer nehmen und nach Hause fahren!«

Der Koffer!

Wo steckte das Mistding nur? Ich war überzeugt, der Schlaks hatte ihn im Vorratskeller abgestellt, bevor er sich die Skihandschuhe übergezogen hatte. Doch im Vorratskeller war keine Spur von dem Koffer zu sehen. Moment, Moment, ganz ruhig! Vielleicht stand der Koffer draußen auf der Treppe? Doch auch dort war er nicht. Mir wurde schwindelig. Nur jetzt nicht in Panik verfallen! Zusammen mit Rüdiger ging ich den ganzen Weg nochmals ab. Vergebens.

Das gab's doch nicht! Wie konnte das sein? Da durchzuckte mich ein schrecklicher, ein hundsgemeiner Gedanke! Der Dicke! Der Dicke war in Wirklichkeit gar nicht dick! Der hatte unter seiner Jacke eine Art Geheimfach, in den er sich den Koffer geschoben hatte. Den Koffer mit der ganzen Knete. Unserer Knete! Als er sich umgedreht und umständlich die Skihandschuhe übergezogen hatte. Man hatte uns angeschmiert, ganz gemein angeschmiert. Und wir hatten die Kerle auch noch angeschoben. Die lachten sich jetzt über uns tot. Amateure waren wir, blutige Amateure! An alles hatten wir gedacht, nur nicht daran.

Völlig erledigt griff ich mir die Flasche mit dem Kirschwasser und sank zur Erde. Wie schön hatten wir den CIA ausgetrickst. Wenn er es denn gewesen war. Jedenfalls war der graue Kastenwagen nicht mehr aufgetaucht. Alles für die Katz! Als die Flasche leer war, warf ich sie in die verdammte Tiefkühltruhe. Wären wir doch nie auf die Sandbank hinausgefahren! So eine Blödsinnsidee! Rüdiger muss es gewesen sein, der mir aufgeholfen und mich zum Auto geführt hatte. Wie wir heimgekommen waren, weiß ich nicht mehr. Filmriss!

11

»Wenn ich ein Eichkatzerl wär, Eichkatzerl wär, Eichkatzerl wär ...«, singend zog Heidi die Vorhänge beiseite. Unsere Kollegentreffen würden ja immer wilder, sagte sie. Ob ich denn gar nicht aufstehen wolle? Ich brummte etwas vor mich hin und griff mir an den Schädel. Selten hatte ich mich so elend gefühlt. Unten warte das Frühstück auf mich, ich solle doch endlich kommen, das Wetter sei herrlich, und wir wollten doch noch an den See. - Hatten wir wirklich vorgehabt, an den kleinen Brombachsee zu fahren? Ohne mich! Ich würde den Tag im Bett bleiben und nie wieder aufstehen. Heidi aber blieb hartnäckig. Sie drückte mir einen nassen Waschlappen auf die Stirn und brachte mir einen sauren Hering ans Bett. Mühsam würgte ich das salzige Ding hinunter, und tatsächlich ging es mir danach auch eine Spur besser.

Heidi war beschwingt und bester Laune. Das Konzert schien ihr wirklich gut gefallen zu haben, ständig trällerte sie die Lieder der Wildecker Herzbuben vor sich hin, »... dann hüpft ich zu dir, auf deine Schu-hul-ter«, und dergleichen hirnlosen Käse.

Nach drei Tassen starkem Kaffee war ich wieder halbwegs hergestellt. »Was soll's? Das Leben geht weiter!«, dachte ich mir. Aber alle Versuche, mich selbst wieder aufzumuntern, schlugen fehl. Ich litt nicht nur am Kater, ich litt schrecklichen Katzenjammer. Wenn alle Träume so plötzlich platzten, wenn alles umsonst sein sollte, wenn man sich betrogen und verarscht vorkommt, was bleibt dann noch? Mögen sie in der Hölle verrecken, die Schurken! Uns auf so gemeine Weise reinzulegen. Geschäftspartner? Pah! Betrüger waren das. Hatten keinen Funken Anstand im Leib. Wenn wir ihnen wenigstens die Polizei auf den Leib hetzen könnten! Aber selbst das ging nicht, steckten wir doch in der Sache mit drin. Es war zum Verzweifeln. Das schöne Segelboot, unsere schöne Schwalbe, war für immer davongesegelt. Aus und vorbei.

»Wenn ich ein Eichkatzerl wär, Eichkatzerl wär, Eichkatzerl wär ...«

»Könntest du mir einen Gefallen tun, Schatz?«, fragte ich mit qequälter Stimme.

»Gerne«, sagte Heidi, »magst du noch einen Hering?«

»Könntest du bitte mit dem Gesinge aufhören?«

Eine Stunde später saßen wir im Auto. Heidi fuhr, Doris saß neben ihr, und wir Männer hockten schweigend auf den Rücksitzen. Das Feiern würden wir nicht mehr vertragen, sagte Heidi fröhlich, wir sollten uns mal ein Beispiel an der älteren Generation nehmen, also an der ganz alten. An Tante Trude zum Beispiel. Die habe gestern auch Kummer gehabt und deshalb eine ganze Flasche Kirschwasser geleert. Heute aber sei sie schon wieder quietschmunter und fidel.

Ich schaute bewusst nicht zu Rüdiger hinüber, sondern blickte starr aus dem Fenster. Draußen glitt eine

Prozession vorbei, festlich gekleidete Menschen, die einem vorausgetragenen Kreuz folgten, eine fromme Gegend hier.

Heidi erzählte weiter. Tante Trude habe Liebeskummer gehabt, wir wüssten schon, wegen Willi. Der habe sie nämlich gestern schnöde verlassen. Einfach so. Tante Trude vermute, er sei zu ihrer alten Kollegin Martha, der dummen Pute aus Forchheim. Die habe ihm schon früher heimlich schöne Augen gemacht, und der dumme Willi sei auf sie reingefallen. Wie Männer halt so seien. Aber der frechen Gans würde sie es heimzahlen! Schon gestern habe sie den vier Helfern dieser Pute, die Willi entführt hätten, tüchtig eins auf die Nase gegeben.

Ich starrte unverwandt aus dem Fenster. Das makellose Wetter hielt an, die Sonne schien aufs Schönste, mich aber konnte nichts mehr erfreuen.

Am Campingplatz angekommen deckten unsere Frauen sogleich die Kaffeetafel. Doris hatte den ersten Erdbeerkuchen des Jahres zubereitet, eigentlich ein Höhepunkt, ich aber nahm nur ein schmales Stück und verzehrte es lustlos wie noch nie. Zu allem Überfluss öffnete Heidi dazu eine Flasche Sekt. Erstens würden Erdbeeren nach Sekt schreien, erklärte sie, und zweitens sei heute ein ganz besonderer Tag.

Ja, heute war ein ganz besonderer Tag. Da konnte ich Heidi nur beipflichten. Heute war der erste Tag einer neuen Zeitrechnung, der Zeit der tristen Hoffnungslosigkeit.

»Macht nicht so ein Gesicht«, sagte Heidi, »was ist denn nur mit euch los? Die Kollegentreffen scheinen euch wirklich nicht mehr zu bekommen!«

Wir überwanden uns und griffen nach unseren Sektkelchen.

»Auf das ganz besondere Geschenk, das wir für euch haben!« Heidi zwinkerte Doris vielsagend zu.

Ein Geschenk? Vielleicht einen neuen Gartengrill? Oder einen neuen Handstaubsauger?

»Quatsch!«, widersprachen Doris und Heidi, »kommt nur mit!«

Mühsam erhoben wir Männer uns aus unseren Campingstühlen und folgten unseren Damen, die am Ufer entlang zum Hafen gingen. An der Anlegestelle, wo die kleinen Boote vor sich hin dümpelten, blieben sie stehen.

»Da ist es!«, sagte Heidi strahlend.

Rüdiger und ich blickten sie irritiert an.

»Das prächtige Schiff hier«, rief Heidi, »es gehört euch!«

Fassungslos starrten Rüdiger und ich auf den abgewrackten Kahn, den sein Eigentümer schon seit Monaten vergeblich loswerden wollte.

»Ich hab schon mit ihm telefoniert«, meinte Heidi, »ihr braucht euch keine Sorgen zu machen, der Kauf ist perfekt!«

Was sollte man dazu sagen? Was sollte man dazu nur sagen? Mit ungläubig aufgerissenen Augen sah Rüdiger mich an. Dann bekam ich einen Lachanfall. Ich wusste nicht warum, plötzlich begann es, mich zu schütteln. Ich lachte und lachte, bis Tränen aus meinen Augen stürzten.

»Ich wusste, dass ihr euch freuen würdet.« Heidi strahlte, »und ihr habt euch das Schiff auch redlich verdient. Wenn ich daran denke, was ihr in letzter Zeit alles für Tante Trude getan habt! Da ist es nur recht, wenn die Tante euch etwas zurückgibt.«

Zurückgibt? Die Tante? Uns etwas zurückgeben? Es wurde immer mysteriöser.

»Stellt euch vor«, sagte Heidi, »als ich heute Morgen zur Tante bin, und sie mir die Geschichte von Willi erzählte, da hat sie am Ende geheimnisvoll gelächelt und beteuert, sie könne sicher sein, dass Willi zu ihr zurückkehren würde. Ich habe sie gefragt, warum. Ganz einfach, weil Willi seinen Koffer bei ihr gelassen hat!«

Der kleine Brombachsee ist wirklich eines der friedlichsten Gewässer der Welt. Und eines der tolerantesten. Selbst einen alten Kahn verschmäht er nicht, sondern lässt ihn großzügig auf seinen Wellen schaukeln. Mit viel Mühe und einigen Töpfen Farbe haben wir in wenigen Wochen tatsächlich noch ein recht akzeptables Schiffchen aus ihm gemacht. Tante Trude, das heißt, Heidi als ihre Betreuerin, hat uns zudem noch neue Segel spendiert. Mit dem Namenszug »Trude« am Bug wollten wir uns dennoch nicht einverstanden erklären, auch »Willi«, Heidis nächster Vorschlag, war völlig inakzeptabel. Doris schlug darauf »Seehund« vor, was wir ebenfalls ablehnten. Schließlich einigten wir uns auf das neutrale »Möwchen«.

Wir haben nun viel mehr Zeit als früher für den kleinen Brombachsee. Endlich muss Heidi nicht mehr alle zwei Tage zurück nach Hause, um nach der Tante zu schauen. Tante Trude hat ja nun nette Gesellschaft. Nicht nur eine Polin, sondern der Polinnen zwei kümmern sich liebevoll um sie. Beide wohnen sie im geräumigen Haus der Tante und bemühen sich gemeinsam oder auch abwechselnd um ihr Wohl. Geld spielt ja keine Rolle mehr. Dass die Tante stets fleißig gearbeitet hat, habe sie ja gewusst, sagt Heidi, dass sie aber ein solches Sümmchen habe sparen können, sei doch wirklich überraschend.

So hat denn alles noch sein Happy End genommen. Mehr oder weniger jedenfalls. Weniger für Rüdiger und mich, mehr für Heidi und am meisten für Tante Trude. Nur dann und wann wird die Tante noch melancholisch. Dann wischt sie sich ein Tränchen aus dem Auge, denn dann muss sie an früher denken und an die schöne Zeit mit ihrem geliebten Willi.

ENDE

Vom selben Autor

Johannes Wilkes, Der Tod der Meerjungfrau
183 Seiten, Paperback, Originalausgabe 2013
ISBN 978-3-95475-009-2-0 / 8,90 EUR

Wie eine Meerjungfrau schwebte sie im Wasser, von den Morgenwellen geschaukelt. Die sanfte Bewegung aber konnte nicht darüber hinwegtäuschen: Antje Söring war mausetot.
Der knallharte Kriminalkommissar Mütze reist aus Dortmund an, um den Mord an der Eisverkäuferin aufzuklären. Ihm zur Seite steht der wortkarge Inselpolizist Ahsen. Wer ist so dumm, auf Spiekeroog einen Mord zu begehen? Hier kennt schließlich jeder jeden – beteuert Ahsen.
Doch Mütze weiß: Auch auf einer entschleunigten Insel kann einem schon mal das Blut überkochen.

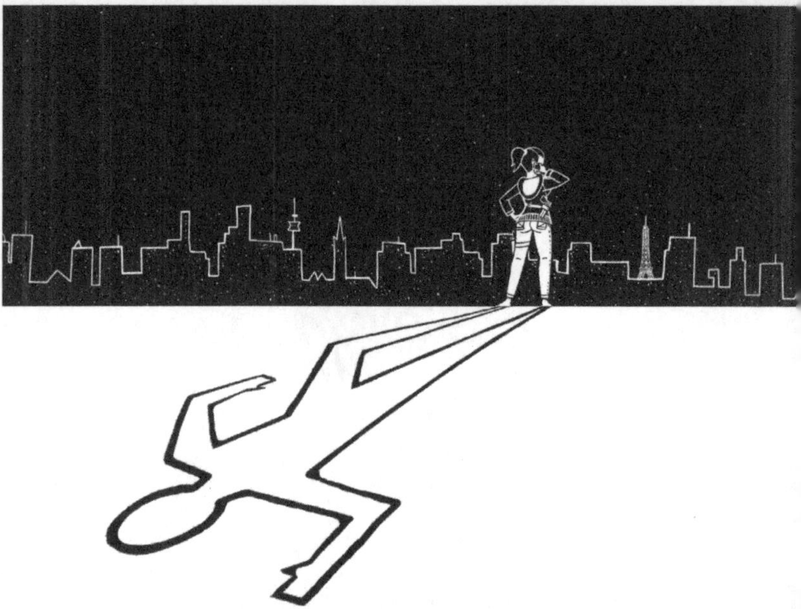